トシコ、母になる。

荻並トシコ

三才ブックス

Prologue
「存在」
トシコ
30代前半 主婦
夫
30代後半 天パー
ハル
2歳 息子
ポリポリ
この生き物はなぜここに存在しているのだろう
ボリ
ボリ

あああああー
ぎゃああああ
産まれるううう
あ、そうだ
産んだん
だった
なーるほど
「日常」の感じと
「出産」の
スペクタクル感が
いまだにうまく
結びつきません
ポリポリ
ポン
ま、育児のアレコレって
喉元すぎるとすぐ
忘れちゃいますよね～
人に話すほどでもないけど
忘れたくない……
そんな日常を
漫画に描いてます
よかったら
読んでねっ

CONTENTS

本書は「auヘッドライン」で連載された
『トシコ、母になる。』を加筆修正したうえで、
新たに書き下ろしを加えて編集したものです。

Episode.1

2歳児の母はじめました

「地獄」
はじめまして私はトシコ東京在住のアラサー母です
のーみのみ
そしてこちらは息子のハル2歳卒乳…まだです…
私の目下の悩みは子どもより先に眠くなっちゃうこと…!!
眠気に耐えられないっっ
ほーい
ほっほい
全然元気!!
あぁ洗濯カゴがッ
じしゃあっ
でも起きられないっ
今度は本棚を!!
ポイ
ポイ
でも起きられないっ
ん…なんか乗ってる?
ゴソゴソ

あぁっ乳を!!
ちうちう
勝手に飲んでる!!
そして朝……
チュン
チュン
目覚めるとそこは…
地獄…
いつの間にか寝た
いつの間にか帰ってきて寝た

「進化」

ちょっと前の息子
わー
ブーブー
ブーブー
最近の息子
あ、パトカー
これは
ごみしゅーしゅーしゃっ
車種の見分けがつくように
しかし…
ゴミしゅうしゅうしゃが
なぁ〜い
あんなにたくさんあるじゃないっ
わあああああ
あ、あったよゴミ収集車
わーい
以前はたくさんあれば満足してたのに!!
めんどくせぇ

「救急」

ある日の深夜…
おなかいたい…
大丈夫⁉
いたいよおー
まってて今なんとかするからっ
何とかするって言ったって
えーと救急車？
…は呼んでいいんだっけ…
夜間診療をネットで調べる？？
あ、区の電話相談とかあった気がするけど
紙なくした いやまず
自宅でできる民間療法から…
ぐる
ぐる
結論だけ言うとカレーをチンして与えたら解決しました
「お腹すいた」の間違いだったか……
ふー やれやれ
もっ
もっ

「大切にできませんか？」

ハッ
あっ 嫌な予感!!
ズビッ
くしょん
きゅ
鼻をふいてる
きゅっ
目をそらす
ごく
ごく
あの…
もっとパイを
大切にできませんか…？

「パイ」

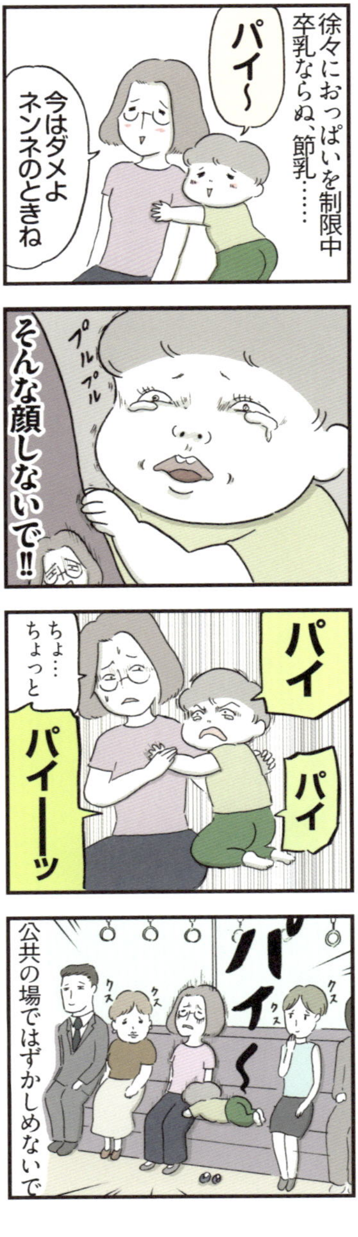
徐々におっぱいを制限中
卒乳ならぬ、節乳……
パイ～
今はダメよ
ネンネのときね
プルプル
そんな顔しないで!!
パイ
パイ
ちょ…
ちょっと
パイーーッ
パイ～
クス
クス
クス
クス
公共の場ではずかしめないで

「ピシィ大作戦」

息子はテレビのことを
ピシィ
と言う…
多分「リモコンで・・・ピッしてね」
から来てると思うんだけど真相は定かではない…
おっぱいを巡る攻防戦は今日も続いてます
今は ダメッ
パイ〜
そんな中唐突にテレビをつける息子…
えっ なんで今ピシィ?
特集
はい ピシィ
と思ったけどこの特集面白いかも…
次は おどろきの アンチエイジング
ついつい本気で見ちゃってる
へぇ〜
あっ いつのまに
のまれてるっ
きゅぽっ
でもこの特集だけ見ちゃおう…
ダメ人間
ちゅっ ちゅっ
CMのあとで
いろいろ負けてます…

「作戦失敗」

真夜中にとつぜん
息子が起きだし…
むくっ
テレビをつけることを要求……!!
ピシィ
今何時だと思ってるの!?
ピシィ
ピシィ
ピシィッ
ピシィ
ピシ
ピシィ
ピシィ
ああああああああああ
ピシィが見たいんじゃないでしょ!?
パイが飲みたいんでしょ!?
はい…
よーい
あくまでもさり気なく飲みたい息子のプライドを守れぬ母であった……
おっぱいを飲むとき
なぜか目をそらす
悪いことをしている顔で飲む…
のみのみ
0歳のときは
くもりなき目でみつめてきたのにねっっ

「雨だし…」

長雨の季節…
ザアアアアア
雨だからってDVDばかり見てちゃダメだなぁ
ポケ～
脳に悪そう…
クッキーでも作るかッ
わーい
なんか食育っぽいし!!
クッキーたべる!!
じゃテレビみてるから…
お前も作るんだよ～
ズルズルズルズル
砂糖に小麦粉ベーキングパウダー…
たまごにバター…こんなもんかな?
あっお砂糖食べないでっ
ペロン
ペロン
ペロン
バターも食うなー!!
?
もぐもぐ
もぐもぐもぐ
まだ、創る喜びよりも目先の欲求が勝つお年頃…

「フォロー」

手作りクッキー完成!!
ホカホカ～
どうした？美味しいよ～？
ねえこれゴミ入ってる
ゴミじゃない紅茶の葉っぱのクッキーだよ!?
ペ
ポイ
あ
せっかく
つくったのに
メンタル弱い
もーやだあっ
ふて寝中…
ママー
ス….
ママァ～～
なんと!!口いっぱいにクッキーを詰めた息子の姿が
2歳児最大級のフォローだ……
あんがと

「日本語」

スーパーにて
えー
ほしいの？
ほしーんだよ!!
命令!?
またある日には…
今日は偉かったね——
いえいえ
謙遜…謙遜した…
日本語ってムツカシイ!!

「眠くない！」

ハルちゃんは
寝ない!!
ねむ
ねむ
ぜったいに
寝ないからっ
早く寝てくれ～
ね…
ねないから……ね…
ゴロロン…

「バカ」

親もまだまだ未熟な人間…
あ～床に描かないで…
怒り方にムラが出ちゃう…
描くなつってんだろーー!!
ビクッ
子ども相手に大声出すなんて…
ハッ
私ってダメ母かも…!!
自己嫌悪
ご…
ごめんね
だいじょうぶよ…
ほっ
大丈夫よママ…
バカだから
え
見下されてたことが判明
息子による見下しは今日に始まったことではなかった…
息子が残したサツマイモの皮(だいぶ身がついてる)をたべてると…
ムシャ
ムシャ
あ、ママ～
ママ皮好きなの?
違いますっ

「めちゃめちゃ」

お家で積み木遊び
コト コト
私がやったのが気に入らなかった⁉
えっ ウソ
ヒィイイイ
ぎょえ〜
めちゃめちゃに壊している…
ガッ
あーあ
ガッ
しかも自分で効果音言ってるし‼
めちゃ
めちゃあ

「しつもん」

ね〜ママ〜
ココロって何?
コ… ココロ…
えっとねココロっていうのは嬉しいとか悲しいとか
説明下手
そういうのを感じる… 気持ちっていうか……
キモチ?
えっ あっ うーん
いいややっぱり
ココロはいーや
あ、今わたし「こいつに話してもしょーがねー」って思われてる⁉
ショック‼

「コロコロ事件」

あ、おむつかえなきゃ…
むっっ
ビリビリ
って
ウンコも出てたのぉ!?
キャー
コロリン
ティ…
ティッシュティッシュ…
オロ…
オロ…
ええええ
ダダダダ
ぐちょ
ペタ
ペタ
ペタ
ペタ
ちょっとまてー
ほっ
ほい
追いかけたいがウンコで行動がにぶる…
あ…
ティッシュ…ありがと…
ぎっ
あ
ぅあ
おそいよー

「ソフトクリーム」

ソフトクリーム買った
あっちのベンチで食べよ
はいどうぞ
買ってきた
そこまで持っててあげようか？
ヤダ!! 自分で持つ!!
ブン
食べないの？
ぽちょ
こっちがよかったぁ
あぁぁあ あぁあ
知るか！同じだ!!
そして結局泣くんかい？？
はひっ
はひっ
泣くな!! もう1つ買ってくるから!!
ドロドロ

「スイカ」

ん、なんか入ってる
あ、それタネだよ ペッしていいよ
ペっ
べ
ボロ…
しゃく
しゃく
いやわかってる タネだけ上手に出せないんだよね…
べ
ボロロン
せめて皿に…
わかってるけど勿体ない!!

「とけたソフトクリーム」

アリさんいっぱ〜い!!
あっ
なぜっ
えいっっ
プチャッ
あっ
あっ
ベチャベチャ
なんかもういろいろと嫌だ…
ウヨウヨ
自分でもちょっと後悔
子どもって突然意味不明なことするよね…
木のスキマに指がはさまった

「まいご」

人ごみの中
息子が手を振りほどき
パシッ
ダダダ
突然ダッシュ!!
え…
あ…
ウソ…
全速力で追いかける母
このまま2度と会えなかったら…!?
うあああああああああ
3秒後…見知らぬ娘の太ももに収まっていた息子発見…
なに コイツ~
母の手よりも若い女子の太ももを選ぶ息子だった…

「精神安定剤?」

満員電車に当たってしまった
わー隣の人酒くさーい!!
う…この人の香水好みじゃないわ……
子どもの頭の匂いを嗅いで乗り切ろう
スーハースーハー
優しい世界へ
何だかんだ大好きです子どもの頭の匂い

「水分」

まだまだ残暑の夜
喉が渇いて起きたりします
あ、起きた？
ムク
お水飲む？？
イヤだぁあ～
ええええええ
パイいいいい!!
ちょ…ちょっと…
ちう
かえって喉が渇かないのかな…
吸われて…吸い取られて…乾く…私……
しぼりとられる元血液
ぢうううううう
寝汗
さっき水を飲んでおいて良かったなぁ…と、思ったトシコだった

「花火」

夏の締めくくりに花火をやることにした
火は危ないから準備できるまで待っててね～
花火セット
って、あ!! あ～!!
ボボボ
サッ
花火セット
ジュワッ
バッ
花火セット
終了!!
散るのが早くて粋だと誰か言ってください

「お墓参り」

秋の彼岸に墓参り
これ持つー
持つー
気をつけてよ〜
子どもが興味もちそうなフォルム…
あ
やると思った
まあいいわ
これは想定内
バシャッ
ぎゃーー
すごいボウフラッ
これは想定外!!
墓場の放置された水デンジャラス!!
ウヨ
ウヨ

「お線香」

地元に帰り祖母宅でお線香をあげたりもしました
あ
これ
ハピバスデーじゃない?
Senko
Birthday Cake
ふーふーふー
あああ
やめて…
悪気のない不浄の息である

「靴」

靴を自分で履きたがる息子
ぐぎぎ
履けた!!
…が
左右反対
でも直そうとするとグズって面倒だからそのまま外出
生命に関わること以外はスルーしないと2歳の育児はやってられんのよ
はッ あの子……
同じだ… うちの子と同じ…
足の内側にストラップ!!
ダッ
?
あなたのお子さんもイヤイヤ期なんですね!! 靴を直すとグズるから面倒でそのままなんですよね!?
ハァハァ
ブンブン
わかりますわかります お互い大変ですけど頑張りましょうね!!
なんてね… 変人だと思われるから言わないけどね
アハ
勝手に連帯中…
ピキーン
おっ晴れなのに長靴!!
こいつも仲間!!

「ベビーカーの事件」

「ベビーカーが邪魔」1歳児が男に殴られる事件をネットニュースで発見…
えっこれっ
だって私も悪態つかれたことあるから…他人事じゃない
ジャマだっ
そっちが小走りだからぶつかったんでしょ
と思ってもとっさに言うのはムツカシイ…
多分こういう人は何かに当たりたくて
母子＝女子ども＝弱者＝抵抗してこない
という発想で悪態をつくんだと思う
こわいわ…
じゃあ関わったらヤバそうな感じを出しておけば
ドドッ
ドッ
ドッ
解決できそうですね!!

「男体」

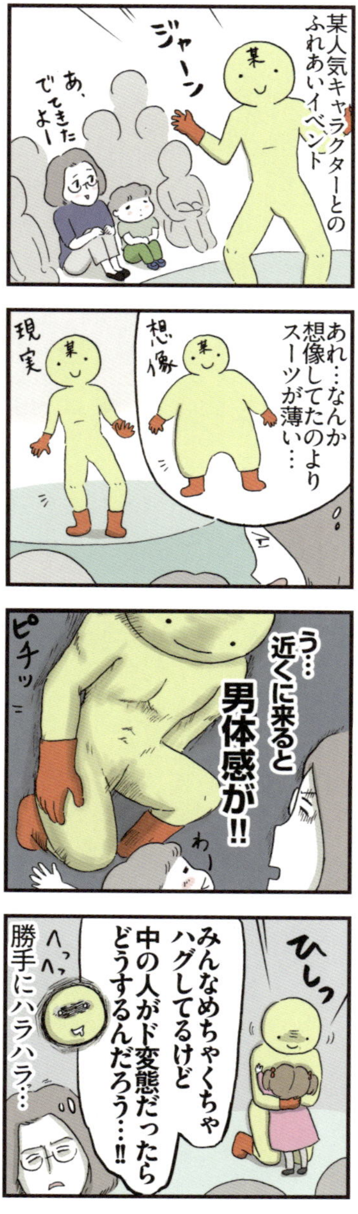
某人気キャラクターとのふれあいイベント
ジャーン
某
あ、でてきたよー
あれ…なんか想像してたのよりスーツが薄い…
想像
現実
某
某
う…近くに来ると男体感が!!
ピチッ
わー
みんなめちゃくちゃハグしてるけど中の人がド変態だったらどうするんだろう…!!
ひしっ
ヘッヘッ
勝手にハラハラ…

「口移し問題」

コーヒーショップで休憩中
氷食べるっ
え
大きな氷…喉に詰まりそう…でも奮発して頼んだメニュー…もう少しゆっくり飲んでいたい…
かくなる上は。
ガリッ
はい
氷を噛み砕いて与えた
虫歯菌が移るから本当は口移しはよくないんだけど…私もそうやって育ってきたけど健康だし…面倒だし…いいんだ…
アハハ
もぐもぐ

ね―見た――??
ね――
ありえな~い虫歯が移るって知らないのかな
ウチの親とかあれやろうとするけどねー
ヒソ
ヒソ
後ろの席のグループ
聞こえてるし知ってるし!! でも同じ子連れに言われると辛いなー

こだわって子育てしてる人は
立派だけど…

子どもがかわいそう!!
ありえなーい
立派な育児
ピカッ
ヒィィィィ
ゴローン

だからって、そうじゃない人を
批判するのは立派じゃない!!

「秋の香り」

突然ですが夏の子どもの頭は…
な…
なんちゅう匂い…
くさい
でも子どもの汗臭さってクセになるっていうか
くさっ
でもまた嗅いじゃうっ
プーン
くんくん
憎めない匂いなんですね…
しかし今朝は…
あ…シャンプーの香り…
ふわっ
もう秋なんだ
ちょっとさびしい…
季節のバロメーターでもあります

「イヤイヤトラップ」

妹からLINE
△日は 朝8時にディズニーランドの正門前集合ね
えっ8時!?
8時に着くには6時半に出なきゃ
だから…5時半起き…
でも子どもって無理に起こすと
ぐず
ぐず
ムニャ
ムニャ
キゲン悪いんだよな～
起きる
着替える
イヤイヤトラップ
青がイイー
洗濯中なのっ
ごはん
もぐもぐ
こぼしたものを拭いたり…
歯磨き
イヤイヤトラップ
ヒィヒィ
ひぃあああ

おむつ
おしりふき
着替えなどを
用意
完成!!
せっ
せっ
フウー
ハッ
と思ったら
自分の身支度は
まだだったりして
すっぴん
まゆ
ボサボサ
ねぐせ
急いで
メイクしている間に…
パフ
パフ
子どもが
「昨日、濡らしちゃって
洗おうと思ってたけど
忘れてしまった靴」を
履いていたり
ぐしょ
ぐしょ
脱がそうと思ったら
すんごく泣いたり…
ぎゃあああああ
イヤイヤトラップ
だめだ…
8時に
ディズニーに
到着できる
気がしない…
ごめん、私は
ゆっくりめに
行くので
先に遊んでてね
送信!!
そして当日…
まだねる
イヤイヤトラップ
うぅ…
起こす時点で
つまづくとは…

「冗談」

朝ごはんだよ〜
ごはん みそ汁
パンがいい…
えーっ
そりゃないよっ
パ…
パンがいいって
言ってみただけ
だから!!
もぐ
もぐ
ほんとか…?
冗談で反応を探るという高等テクを使う2歳児だった

「お月見団子」

今日は中秋の名月の日…
お月見団子用意してみました
スーパーのだけど
わー
あーん
あ 待って
これ喉に詰まって死ぬやつだ
小さく切ろう
ネチ
ネチ
んぐぐ
う…団子というよりただの汚らしい塊に…
すごいくっつく
お団子がよかったぁー
びゃー
フォルムって大切!!

「ブドウの奴隷」

秋の味覚ブドウでーす
わほほい
ん？
ちま
ちま
むいてっ
口の中で皮を出せば楽だけどまだそれはできないもんね
気づかなくてゴメンね
あ ブドウの皮むきこれ
思ったより時間かかるっ
じー
ちま
ちま
はい…
やっとできた
ぱく
ひょい
食べるのは一瞬
ねーもっとー
ちょっと待って…
ちま
ちま
ちま
ぱく
もっとー
ヒイヒイ
これじゃ私ブドウの奴隷!!
ちま
ちま
静かに待ちなさい!!
ねー
はやく
はやく
ねー
ああ…ブドウごときに声を荒げて恥ずかしい私…

「涙」

おいしそー
ママにも
ちょーだい
ヤダ
私が買ったのに…
えー一口くらい
ちょーだいよ…
………。
はい
そ…
母は…
鳥以下
ですか？
雀の涙よりも小さいよ…
これ

「なぜくれた」

ママっ
これあげるっ
ヘヘっ
認めたくはないが
これは多分
鼻クソ…？
なぜくれた…

「夜の8時」

夜8時…息子が靴をはいて玄関に立っていた
お外…いく…
えぇ!! 行くって…もう遅いからダメだよ
いやだいやだぁ
ぎゃあ
外いくぅ~
ぎゃあ
さーてどうしたもんかな……っていけないお湯を沸かしてる最中だった
えーと
しゅんしゅん
ちょっと待ってて
…と一瞬目を離したら
寝てた
わけわからんっ
新手の寝ぐずりか!?

「寝相アート」

なんでもオシャレ界には寝相アートというものがあるらしい
寝ている子どもをかざってかわいくする
いい感じに寝てるー!!
わー!!
私もやってみよーっ
なんかすっごくコレジャナイ感…
義母が奈良の土産物屋で買ってきた帽子
所帯染みた中でひときわギラギラしてる某夢の国のグッズ
寝る前につまみ食いして口が汚い
日に焼けてボロボロの畳
使い古したブランケット
髪の毛とかついてるほうき
いや、ハハ…そもそも寝ている子どもをおもちゃにするなんてよくないよね~
自分が出来なかったことは批判して遠ざける…そうやって10代の頃から自分を守ってきた私です

「ぎんなん」

秋の公園にはぎんなんが落ちていることがある
わ〜くさ〜い…
くんくん
くさぁ〜い
くさぁぁあい
パァァァァァ
くさいものを嗅ぎたい欲求って何のために人類に残された本能なんだろう…
——湧き上がる疑問

「運動会」

近所の幼稚園の運動会で未収園児用の競技に参加
ゴールでーすっ
めちゃくちゃゴール近い…
よーい
スタート!!
集められた1〜2歳の子どもたち
動かない…
おーい
ホラッすすんでっ
ポワワワ〜〜〜ン
1人泣いた
ビャアア
?
いまいち趣旨がわかってない!?

「残念ハロウィン」

家でこじんまりとハロウィン…
お菓子をくれないと脅かすぞって言ってお家のドアを叩くんだよ
じゃあ脅かしにきてね
うん
ふふ…息子よ…
母を脅かしてみなさい…
ママーッあけてーッいれてーッ
バン
ドン
これは通報される…!!
あわわわわ
オバケの代わりに警察と児相が来そうなハロウィンに…

まだ趣旨を理解するのは難しかったみたい….

「歯みがき大嫌い1」

歯みがき
しょーねー
イヤあああ
大嫌いな息子
じた
ゴロン
ばた
ゴロン
太ももでホールド→
ガッ
首がっねじれちゃうよっ
ぐるりーん
↑身体だけ寝返り
必死すぎ…

「歯みがき大嫌い2」

歯みがき大嫌いな息子…
いやぁぁあぁあ
くいっ
足で顔をふさいで歯みがきさせない作戦かなるほど……
プル
プル
足には足で…!!
ハッ
と思ったけどこれって虐待!?
シャカ
シャカ
出口の見えない歯みがきタイム…

「歯みがき大嫌い3」

歯みがきが大嫌いな息子がいます…
歯みがきは
無理矢理ではなく
楽しい雰囲気で興味を
ひきましょう
なるほど…
ねえママ歯みがき粉たくさん買ったんだ♡
いちごメロンぶどうどれにする?
パァン
ヤッ
結局、今日も無理矢理…
ごめん気の短い母で!!

「歯みがき大嫌い4」

保育士の妹からアドバイス
歯みがきが嫌なんじゃなく寝っころがるのが嫌なだけの子もいるよ――
ふ～ん
よし
じゃあ今日は立ったまま歯みがきしてみよっか
あっ
ダッ
ダダダダダダダ

ふっふっふ行き止まりだぞ～
二階から脱出する気!?
ガラララララ
まてっっ
結局今日も無理矢理みがく…
しかも二階で…

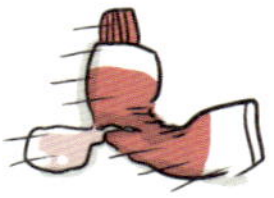
走ったら 歯みがき粉
ふんずけちゃった…

「ライフハッカー栗」

あっ くり!!
くり ¥680
うーんでも皮むくの面倒だなぁ…
あれ トシコ知らないの?
ふっふっふ
栗の皮はね1度熱湯に入れてオーブンで軽く焼くと
どやっ
するっとむけるんだよ
このライフハック
へぇ…じゃ今晩栗ごはん作り頼むよ!!
OK
えっ
あ
いや
どう?
なんか熱の入れ方が違ったのかな〜?
べちゃべちゃになっちゃって…
このときトシコは思った
ライフハッカー夫の自分もやったことないくせに
知らないの?
フフン
みたいな態度がムカついたので
ざまぁ…と
でもどうしよう息子…楽しみにしてるのに
くり
くり
くりごはん♪
うーーん…
こ…これで作るのだ…!!
ダッシュでスーパーに行き
↓
購入
炊き込みごはんセット
それなりに美味かった…
お…おう…

「夜の外出」

子どもがすんなり寝て
zzz
夫が早く帰ってきた日
やたっ
一人で夜の街に繰り出すのが小さな楽しみ
いやっほうっ
といってもまだ子どもが夜泣きするため近所のコンビニに行く程度のつつましい外出である
本当は盗んだバイクで走り出したいけど…
ああ、そうさ私は家庭につながれた小鳥…
ふぅ…
すれ違う人が楽しげに見える
きゃははは
あんな服装や呑み方…何年もしてないな
でもいいんだ月は綺麗だし秋の夜風は気持ちいいし
こうやって夜独りで歩いていると
親である…というプレッシャーから少し解放される気がするんだ
…のはずなのに
なぜ今私は「おかあさんといっしょ」の歌を口ずさんでるの⁉
ためいき
フー‼
染み付いた母業‼

トシコ奮闘記 B面

「帰宅ラッシュフォーメーション」

Theme
私の必殺テクニック

「秘技」

息子は興味のある所に
ダッシュして突進していくことが多々あります
ピューン
まてっ
こまるのがレジのときの
えーと
あっ
脱走…
スタコラサッサ
ずずいっっ
秘技!! 股の下で拘束の術!!
はい
些細なことに必死です
チャリーン
ぐいぐい

「つないでおきたい」

駐輪場の精算
精算
お金払ってる間じっとしてくれるかな…
精算
ね、この棒から手を離さないで
離さなかったら後でおかし買えるよ
本当!?
じっとしてはいないが…
よしよし
ぐるん
ぐるん

「必殺攻撃」

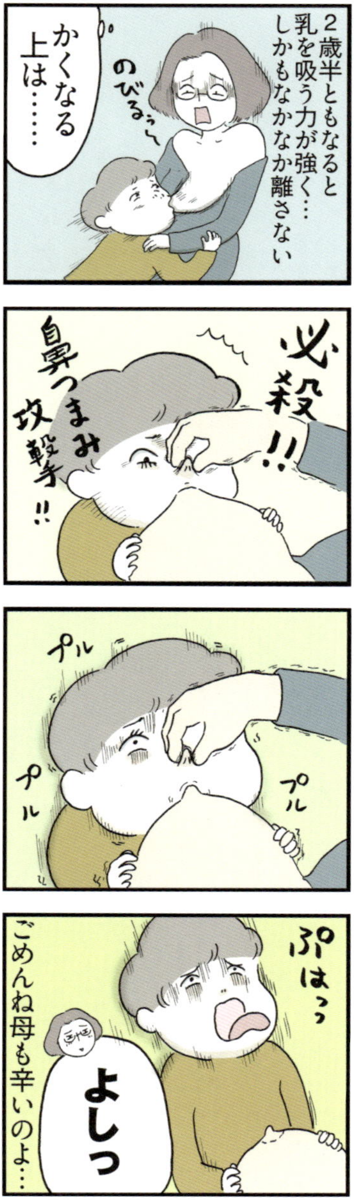
2歳半ともなると
乳を吸う力が強く…
しかもなかなか離さない
のびるぅ〜
かくなる上は……
必殺!!
鼻つまみ攻撃!!
プル
プル
プル
ぷはっっ
よしっ
ごめんね母も辛いのよ…

「ネイル」

息子がすんなり寝てくれたのでネイルしてみた
フフフ…超久々だな〜
ママ〜
…って夜泣き!?
最近なかったのに…
ママー
ママー
ちょ…ちょっと待ってぇ
まだかわいてないっっ
変わり技
ひじキャッチ
ママー
がしっっ
よしっセーフッ

「トイレに行きたい」

運転中… 子ども爆睡… でもトイレに行きたい私
やむなく子どもをかついでトイレに行くことに
慎重に車から出そうと…
ゴン
あ
ひあああ
あああ
ヒィー
痛恨のミス!!
ごめんねっ ごめんねっ
あああ
それ
それそれ♪
あそれ
それ♪
超本気
ZZZ
再び寝た
よっしゃあああ
だが既に漏れそうだ…
こんな日に限って… スキニーデニムと
ハイカットのスニーカー……
パッツン
パッツン
きゅう
きゅう
でも壁にもたれかかって何とか…
負けない
ズボンの片方を持つ
達成…!!
おおおうっっ

COLUMN
vol.01

産院で新聞読んだだけで泣けるくらいの精神異常モード…
10人死んだ…なんて…みんな誰かが産んだというのに…

トシコ、母になって…。母性のインフレが起こったあの日

母になって、私は確実に優しくなりました。

子どもができる前の私は、地球の裏側で何人死んだというニュースを見ても、まあそういうこともあるよねって思ってました。普通のドライな若者ですね。

そんな私が、産まれたばかりの息子を抱きしめたら「愛しくて」泣いてしまったのです。

自分でも驚きましたが、その瞬間から母性のインフレ、優しさのインフレが起こりました。愛しくて、大切で、何をかけても守りたい…（こうやって書いてしまうと安いJ-POPの歌詞みたいですが）感情が込み上げて涙が止まりませんでした。

そんな精神状態のとき。産院で新聞をチラ見して、外国で10人くらい死んだという見出しを目にしたら、もう、それだけで泣けてきちゃいましたね…。新聞を読んで泣くなんて気持ち悪いですが、母性インフレ状態には抗えず。10人いたら10人分の妊娠・出産があってせっかくこの世に生まれてきたのに…それが一度に失われてしまったことがただただ悲しかったのです。

今はもう落ち着いて通常モードですが、「皆、母から生まれた」という前提で世界を見られるようになって、以前よりは少し優しくなれたかな？と思います。ムカつく相手がいても、この人も母から生まれてきたんだな、と思える程度には…。

誤解ないように言っておきますと、子どもを産んだ人間は優しい…と言いたいわけではないのです。出産経験に関わらず、慈愛の心にあふれた人はいるので…。でも自分の場合は、優しさの値を一定数引き上げる作用があったのかなと思っています。

そんな今の自分がちょっといいな、と思ってるので『トシコ、母になる。』というタイトルをつけたのでした。

Episode.2

落ち着くヒマなし　ゆく年くる年

「暖房カースト」

床が冷えるから
ホットカーペット
買おうかな…
ヒヤ〜
地域のイベントで他のママさんたちと雑談する機会があったので…
ワィ
ワィ
オススメのホットカーペット知りませんか？
うーんどうかな〜うちは床暖房があるから使わないからな〜
うちもー
うちもユカダン
この時のトシコの脳内イメージ
ホホホホホホ
これが…見えざる階層!!

※ドラマみたいにいじわる言われたりはしませんでした

「タートルネック」

冬はタートルネック暖かくていいかなと思ったのですが…
どうも首をとおす瞬間が嫌みたいで…
暴れる!!
ねーー
じっとしてればすぐ終わるよっ
ブン
ブン
ゴン
いたーーー
びゃあああああああ
あぁ…何かの拷問みたいになってしまった……
ゴロゴロ・・

「アウター」

息子用のアウターを買いにきた
うーん やっぱ来年も着せたいから大きめ買うかな
丈は長めでもイケるけど
袖は折って着たほうがいいな…
ずるーん
この袖は折り返すと
いかにも裏地って感じでイマイチだなぁ…
ペカッとしてる
これは折っても違和感ない
服飾メーカーの皆さん主婦の心を掴むには裏地ですよ!! う・ら・じ!!
キミに決めたっ

「ドライヤー」

湯冷め防止にこの時期はドライヤーを使います
ブォォォ
当然嫌がって逃げるのでこうやって拘束しますが…
ブォォォ
ゴンッ
バッ
ぱっ
ぷ
ぴぃ
べ
思いがけず北斗の拳みたいな声出た…
マジでいたい…

「高尾山に行くぞ!!」

電車に乗って高尾山へ
高尾山に近づくにつれて山の風景がどんどん広がっていく…
この感じいいなぁ…
わーっ
お…いい反応……
うみだーっっ
違ーうっっ
車窓の風景＝海と間違って覚えてる息子だった

「高尾山のリフト」

リフトに乗る
あ、このリフト柵とか何もないんだ…
ブラーン
うちの子じっとしてないから暴れたりして危ないかも…
うわーい
と思ったら…
ピタッ
キンチョーしてる?
石化したように大人しい!!
ずっとリフトの上なら育児が楽かも…
それもどうかと…

「高尾山でパパ抱っこ」

やはり途中で歩けなくなる息子…
ママー抱っこしてー
うーん仕方ないなぁ…
でもすごく疲れそう……
大丈夫!! パパが抱っこして登ろう!!
エルゴ装着!!
さぁこいっっ
嫌だぁ歩くぅ
ガーン
疲れを吹き飛ばすほど嫌がられるパパ抱っこだった…

「ストッキング」

珍しく…
ストッキングを履いてみました
ちょっいきなり
登らないでっ
ぎゅむっっ
あーホラ
伝線しちゃったじゃーん
大丈夫ケガしてないよっ
そういう問題じゃねぇ……

「東京タワー」

思いつきで東京タワーに来てみた
わー久しぶりに近くで見たかも
大きいものを見るとワクワクする
テンション上がる……っっ
ああーーー ママーーー 見てぇーーっ
フフ…息子にも分かるのね このスケール感
ハトーーー
バサ
えっ
バサ
スケールの大きさより目の前で動くモノのほうが関心を引き寄せるようである…

「リムジン」

街中で息子が大興奮
ママ
見て
ママ
どーしたの？
わー リムジンだ
すご〜い 長〜い!!
しかも子どもが降りてきた…!!
のろう
いや…子どもなら誰でも乗れるわけでは…
悲しき勘違い!!

「交通公園」

隣町に交通公園というナイススポットがあります
わーい
コンピカーが沢山おいてあるエリアがある
息子、乗る!!
と思ったら降りる…
また別のに乗る…
……。
降りて…乗る…
んー
…の繰り返し
やきもきした私が押したら
そろそろ進んだら?
ヤダあああ押さないでぇぇ……
大泣きされました…
バタバタバタバタバタ

「ゲンバ男子」

テレビで見たんですが「ゲンバ男子」というプロジェクトがあるそうで…
ほほうゲンバ男子となっ!!
ゲンバ男子
写真集もあるらしい…
(製造業で働くオトコマエを探すプロジェクトのようです…)
確かに一所懸命に作業してる男性の姿って
かっこいいですもんね!!
うちの息子も真剣に作業している姿は
愛おしいと思う…
やってる作業は意味不明でも!!
もー何やってんだろー
枯木に水が伝っていくか見てる
じょろろろろ

「特権」

息子が歌っていたので
一緒に歌ったら…
ママは
うたわないでっ
ハハ…じょーずー
テキトー
ママはこんなにうまく歌えないもんねっ
フフン
コイツ…歌を歌うことを自分だけの特権にしたいんだな…小さいやつめ…
実際小さいけど…

「鼻水」

ねーーー
ママーー
ずるーん
びよーん
がしっ
がしっ
ティッシュまでこのまま歩こう…
さあ…
そろ〜り
今の息子は危険物…

「自分を信じてる」

あめ ない～
包み紙だけ
ママ食べたでしょ!!
えっ
むぎゅっ
だしてー だしてー
いや…落としたんじゃないの…?
なんでそうなるの?
落とした…?
そっかぁっ
基本、自分を疑うことはしないんだなぁ 2歳児って…
そうだよ…

「オムツ外しする?」

冬だし温泉とか行きたいなー
でもまだオムツだしなーーー
トラベル
温泉
これを機にオムツ外しを試みてもいいかもなー
というわけで補助便座を買った
よし セット完了
いいかんじ…
ぎゃあ汚い!!
ウァァァァァァァ
新キャラ便器太郎登場……

「旅行の準備」

ふっふっふ 明日から 待ちに待った 沖縄旅行!!
これで荷造りはOK 明日に備えて早く寝よ
どう? そっちは 支度できた!?
あ、まだだ ゴメーン
ぐっちゃぁぁ
待て、トシコ!! 言いたい事は分かる

「旅行のときに限って…」

よし 羽田に向けて 出発よ!!
ちょっと待て 息子の息が 荒いぞ…っっ
ハァハァ
えっっ 39度!?
ま… 間違いかも?
やっぱり39度――!!
も…もう1回 測ってみよう…
アハハ…
こういうとき 往生際が悪い…
ハァハァ

「名案風のトドメの一撃」

旅行の朝に息子が発熱…
あぁ…
旅行いけなくて凹む
いや、本当に辛いのは
体調崩してる息子
息子の心配しなきゃ
いけないのに…
私って勝手な親……
でも
凹むなぁ…
とりあえずキャンセルの
電話しなきゃ…
今なら出発前だから
ちょっとお金戻るはず…
ってかけても全然繋がらねえっ
旅行規約
やっと繋がった…
お客様、申し訳ありませんが
もう飛行機が
出てしまっているので
出発後キャンセルの扱いに
なりますね――
いや…出発前に
何度電話かけても
繋がらなかったん
ですが……??
プリントの右下に
営業時間外用の
緊急連絡先が
記載されてる
はずですが…
旅行規約
お問い合わせ
03-XXXX-OOXX
緊急連絡先
マ…マジか…
あ、お客様、行きの飛行機は
キャンセルになりましたが
旅館や帰りの飛行機の契約は
まだ生きてますから
今から別の飛行機で向かわれるのは
いかがですか!?
↑なぜか明るい声…
え…何その
一見名案風のトドメの一撃は…
もういいです…!!
ブチッ
ペッ
おーい
おいおいおい…
自分にも落ち度があるからくやしい…
ガチ泣きしました……

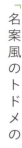

「ねんど」

ねんどやってます
ウフフ
馬つくったよ…
自分が夢中になるタイプ…
はーい
まるくしよーねー
ぐしゃ ぐしゃ
次は…
鳥つくって
おっ
よし鳥ね…
馬だったもの
鳥…作ったけど
はーい まるくしよーねー
イラついちゃダメだ…破壊は創造の始まりなんだから………っ
どん どん

「おもちゃ美術館」

「東京おもちゃ美術館」で遊ぶ。印象に残ったのは農園をイメージしたスペース!!
※全て木でできたおもちゃ
シイタケ畑
リンゴの木
ニンジンやダイコン畑
息子、しいたけを採りまくる
せっせ
せっせ
見るとリンゴの木の近くの子はリンゴを採りまくり…
ハァハァ
ダイコン畑の近くの子も同じく採りまくり…
よいしょっ
よいしょっ
ひととおり収穫が終わると
はじまる奪い合い
ぎゃあああああああ
ある程度人間が成熟してこそ農業が成り立つんだな
勉強になった…

「公園アウター」

ニットのアウター…
でも公園行くと砂ぼこりでこなっこなに…
いや着てかなきゃいいんだけどッ今週は公園くらいしか行く予定ないしッ
こな
こな
濃い色の方がダメージでかい
結局ツルツル素材のダウンに落ち着く…
楽だし…汚れづらいが変わりばえしなくてイマイチだなー
道行く人のファッションもそういう視点で見てしまう…
あの人……
砂場に入ったら絶対ヤバイッ!!
ニット
ファー
ツイード
ビーズ
フリンジ
※入りません

「丸の内のイルミネーション」

丸の内のイルミネーションを見に東京駅通過中……
入口
あっあれ!!
ねっあれトミカ!!
あー東京駅にはトミカショップがあるんだねー
あとで行こうね
入口
トミカ
わーやっぱ丸の内のイルミネーションは何度見てもいいなー
トミカ
トミカッ
わぁ…
トミカ
トミカッ
トミカッ
トミカッ
トミカ
……先にトミカの方行っとくべきだった？
わかったよ……
私の負けなの…??
イルミネーション見ちゃいないし…

「おうちでイルミネーション」

わ――――
すごい
イルミ
ネーション
あんな
スゴいのは
無理だけど…
光るリースを
買いましたっ
ふふ…
ちょっと
オシャレ…
ん…でも……
あ、蛾が
とまってる…
自然が私に
オシャレを許さない……

「小さな幸せ」

ツリーを
飾りました
ちっちゃいけど
幸せ
なかなか可愛いじゃん
えへ…
たまには写真撮ってSNSに
アップしちゃおうかな？
え…みんなのツリー
でっか…!!
いいね！ 85件
ふう…
危うく
小さな幸せを
自身の手で
劣等感の渦に
投げ込むところ
だった…
やーめた
あぶねえ
あぶねえっっ
幸せは見せなくても大丈夫!!

「クリスマスイブ」

イベントあるある①
おなかすいたーー
ちょっと待ってぇーー
料理に気合を入れるがゆえ待ちくたびれた子どもがグズる
イベントあるある②
これ からい
からい
え…からいかな…ちょっとハーブ入れたけど……
普段しない味付けに敏感で食べてくれない…!!
うまいよ?
イベントあるある③
ねむ ねむ
ママー
ぐず ぐず
思ったより早いタイミングで子どもが眠くなる
えっもう!?
ケーキ たべてないよ??
イベントあるある④
メリークリスマス…
どんな日もシメはいつもの寝かしつけ!!
のみのみ

「サンタのチョコ」

クリスマスプレゼント何欲しい?
チョコ
即答…!!
本当にチョコでいいのかしら
まあ本人が言ってるからいいかチョコで
とりあえずチョコを枕元に置いて寝た
しまった!!
寝坊したっ
がばっ
起きるとそこには寝ぼけ眼で一心不乱にチョコを貪る息子が居た
くっちゃ
くっちゃ
ゾンビみたい…

「加湿器」

加湿もできる電気ストーブを買った
へー ここに水を入れて使うのかー
あれ……? 水入れるタンクに綿棒っぽいものが入ってる気が…
ハッ
水を入れる所に綿棒を入れちゃったみたいです…なぜか…
もーっ
ブンブン
ゆすって取り出す…
ポロッ

「冬の風物詩」

コタツと鍋……
自分でやるっつ
えっ 熱いし危ないよ!?
チャポーン
あああああああああ
ダラダラ
冬の風物詩2歳児と相性最悪…
いや 予測はしてたよ でもコタツで鍋やりたかったんだ
コタツ布団洗おう…
ふきふき

Episode.2

冬

落ち着くヒマなし　ゆく年くる年

「凍った道」

雪がまだ残ってますが
用事があって外出することに
歩かせると雪に気をとられてぜんぜん進まないので抱っこひも使用…
うう…赤ちゃんのときはすっぽり収まってた抱っこ紐だけど…
2歳半にもなると大きくなりすぎて限界を感じるなぁ……
ずずーん
そして道がところどころ凍っていて……
13kgの重さの子どもを抱えて歩くのはけっこう怖いぞ…
もし転んだら2人とも大惨事だ
見てこんなに動くっつ
やめてぇ あなた今、自分で自分を脅かしてるよぉ……
ビョイーン
ビョイーン

「夫の実家で…」

大晦日…夫の実家に来ています
そば うまい～
ねむ～い
ねむ ねむ…
おフトン干したの敷いてあるからね
あ、どーもー
お義父さんもお義母さんも私に気をつかってくれてる……
ありがたいことだ… でも…今の私が欲してるのは…
とんとん
こーゆーくつろぎなんだ――
でへへへへへ
ポリ ポリ
と思いながら子どもと一緒に眠りについた……
まだ9時前だよ…

「初詣」

初詣に来ました
お賽銭入れよっと
あ…ハルも入れる？
5円玉
ええええええええええ
ちょっ
ポイ
お菓子の包み紙
すみませんすみません…
罪滅ぼしに500円入れた

「凧揚げ」

公園に凧揚げしに来ました
自分でやる!!
自分でやる!!
あー
ハイハイ…
ママは持たないでっ
いくよー
揚がらないよ～それじゃ絶対凧揚がらないよ～
どこまでも自己流 2歳児…
ズルズルズルズル

「みかん」

みかん…
むくのに時間がかかる
むき
むき
熱心にむいている
このスキに夕食の下ごしらえしちゃおう…
むき
おまたせっ
おいしい？
ちょっとこれは!!
全てのみかんを少しずつむいて少しずつかじってある…

「みかん2」

みかんは包丁を使わず食べられるし、むいてる間は子どもが集中してるので
つい他のことをしてしまう…
このスキに風呂沸かしてこよっと…
とびちる皮
飛び散る汁……
プシュッ
吐き出されるふくろの部分……
べ
べべ
手軽なようでいて実はちゃんと見てないと
大変な食べ物だよね…
そうさ…見てなかった私が悪いのさ…
アハハ
デロデロリーン…

「成人するころには…」

学資保険に入ろうと思います…
パンフもらってきた
子どもが成人するころにはいろいろとお金かかるんだろうな…
新作のハーゲンダッツ食べたい…けど気分的に100円のアイスにしよう…
コンビニに寄る…♪
特集
新成人 大暴れ!!
もぐもぐ
うう…今からいろいろ我慢して育て上げて…
成人して暴れたりなんかしたら
私が暴れたい!!
いくつになっても心配はつきなそうだなぁ……

「SNSで見る妊娠」

知り合いがSNSで妊娠報告
妊娠しました—!! 現在 4ヵ月です!!
へー
産休に入ると更新頻度アップ!!
編み物したり…
久々にランチ!!
マタ旅したりとか……
ステキなマタニティライフの数々!!
そしてついにベビー誕生!!
X月0日 3300gのベビーが産まれました
いいね!!
いいね!!
いいね!!
いいね!!
いいね!!
119件
おめでとう!!
いいねの嵐!!
しかしその後…パッタリ途絶える更新…
新生児の世話でSNSどころじゃないんだろう
わかるわかる
ようこそ育児の世界へ!!
※全て想像です

「接待」

お風呂に入れようとすると
イヤ
お風呂から出ようとすると
イヤ
なのでお風呂に入るときはおもちゃで釣り……
お風呂入ろー
シャボン玉あるよー
わーシャボン玉
出るときは食べ物で釣りました
お風呂出たらりんごがあるよー
たべる――
スムーズに寝かしつけまで済んでめでたしめでたし……と思いきや
なんかここまで接待するのモヤモヤしてきた……
自分でやっといて…
風呂くらい普通に入って出てよねっ
プンスカ
複雑な母心…

「息子のほどこし」

あー喉痛い水飲も…
ママ水ッ
もってきたよ
息子が…私のために…水を…
こんなの初めて…
感動……!!
!?
ジョオオオオオ
びしょびしょ

「アッサリ言うな」

私の風邪が治ったころ夫が出張から戻ってきた
ただいまー
おかえりー
いやー ここ数日風邪ひきながらの育児で大変だったんだよ
いえ〜い
ゴホゴホ
そっかーよくなってよかったねー
よくなってよかったねミだと!?
ずいぶん気軽に言ってくれるのぅ…
もっとねぎらえーっ
おみやげだぞ〜
お土産でもりあがるなーーっ!!
わ〜い

「常識の違い」

お風呂の水道水を飲みたがる息子……
なんでー ちゃんとお水持ってきてるのにっっ
でも私も子どものころお風呂の水飲むのスキだった
それを幼稚園の友達に話したことがあったっけ
えっお風呂の水飲まないよ〜
ヤダきたな〜い
おなかいたくなるよぉ
え
えっ
………潔癖性のお嬢ちゃんどもめが…
ボソッ
トシコ、今ちょっとだけ過去にトリップ中…

「ママの手」

お風呂の水道水を飲むのが好きな息子が……
ジョォォ
ォォ
ごく
ごく
ねえなんでママの手から飲むの？
そんなにいい？ママの手……
自分の手がつめたくなるの意
てがつめたいから…
ママの手はいいの⁉
つめたくなっても‼
2歳にして、自分の手は汚したくないという類の男に……
パシャン

「シャボン玉」

お風呂でシャボン玉
本当は面倒だけど今日雨で外出できなかったしな……
あっ
ツルッ
ジャポン
プーッ
ププーッ
もう水が入っちゃったからシャボン玉つくれないよ
ママ…まほうした…？
そんな能力ねえっっ
おそる　おそる…
思っているよりも母の能力は過信されているようで……

「雪かき」

雪かき
小さいスコップを与えた
↓
ねーー
こっちがいい
かしてかして
ちょ…ちょっと…
がががが
…ったく
もう……
わがまま
なんだから…
小さいち つかうよ
う…このスコップ
グラつくし
全然力入らなくて
イライラする
変えたい…
今すぐ
変えたい…
本当だっ
使ってみて分かった子どもの気持ち

「2歳児の特性」

ママなにしてんの?
カレーにルーを入れてるの
やるー
やるー
じゃあ…やってみる?
と言うと…
いいよ
なぜかこちらが許可される形に!!

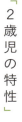

「高圧的な言い方」

トントン
ママ やってみたら
つまり…一緒にやって欲しいのね
えーどーしよーかなーやろーかなー
ちょっとふざけて じらしてみた…
やらないと じぶんが こまるよ?
ハッ 私のマネしてる?
高圧的な言い方に気をつけようと思った……

「IKEAの和室」

IKEAに「和室」の展示スペースが…
ダッ
あっ 入るなら 靴脱いでっ
畳だしっ
おっ ここで 遊ぼうぜ
ぬぎ
ぬぎ
ヒャッハーッ
あ…あれ…っ
ヨソはヨソ…ウチはウチだ…
ほっといて…

「多彩」

カトラリーの引き出しに
トランプが入ってる…
机の天板の下の隙間に…
コインが入ってる
コレ
掃除機に…
粘土が詰めてある……
ぎゃあああ
あああ
これはマジで困った…
犯人は1人しか居ない!!
…なのにこのバリエーション
この多彩さ、何かに活かせないの!?

「エビグラタン」

大好物 エビグラタン
まずエビを全部食べてしまう…
次にチーズの焦げ目の部分……
チーズブブン
チーズブブン
↑「チーズ部分」と呼んで親しんでます
ペリ
ペリ
最後に残った…
こう…マカロニとソースがペショペショッとなってる部分をやっと食べるのかと思いきや…
母のエビを狙ってきます!!
カッ
やめてっ

「結婚パーティー」

友達の結婚パーティーに行きました
わー
パチパチパチパ
非日常的な雰囲気に
きゃあ――っ
大興奮の息子……!!
きょほほほほほほほほ
最終的には女の子の脚の下をくぐってました…
わっしょい
わっしょい
いいの!? 母的に!!
よくないよ
←引いてる私の友達

「笑わせてくれる人」

友達の結婚パーティーにて新婦の友達らしき人が話しかけてきた
ヒック
そこの子どもよ…俺のギャグをみせてやろう…
くるくるっ
とうっ
な…なかなかキレのある動き子どもは大喜びでは!?
クスッ
シュタッ
え
ビミョ――――!?
ハハ
ギャグは「何をやるか」よりも…
ばぁ♡
私の女友達の何気ないリアクションに大よろこび
キャハハハハハハ
「誰がやるか」だよなぁ…

「食べない」

アイスを出してあげたら
食べない
食べない
…と言うので
へー食べないならさげちゃおっと
ってアイスさげたらギャン泣き
ヤダァァ
なんでよ…
しかしその夜見たのですシャワーノズルを壁に戻そうとして
つけない
つけない
という息子を…
「つけない」…は上手につけられないって意味か
じゃあ「食べない」は
(食べたいのに)食べられない
って意味だったのー!?
あわわわ
原因はハッキリしてないが
アイスが固かったのかも…
母の解読不足が判明……

「ケチャップ」

息子はチーズトーストにケチャップをのせたやつが
大好き
はーいできたよ~
わーい
るべろん
るべろん
もっかい
ケチャップ…
食ってください

「ケチャップ2」

ホットドッグも
たまに作ります
ぱくっ
あ…やっぱソーセージだけ食べたか…
!?
きゅぽっ
出してる
もっかい
ケチャップ…
いやソーセージくらいは食べようよせめて…
「食べるべき」ハードル下がりまくり

「ケチャップ3」

ケチャップのみを食べる息子
ペロリ～ン
大したことじゃないけど続くとイライラ……
もー
もう…あなたのオヤツは
これで充分…
ヤケになってみた
ケチャ…
ケチャップ…
あ…すごく喜んでる!!
ハッ
そりゃイヤミとか通じないよねー
子どもに当てつけて逆効果…しかも塩分過剰…
私ったらなぜ
もっと!
自分で自分の首を絞めるタイプです

「迷い込んだ鳥」

この前 窓を開けたら
鳥が飛びこんできたんです
ひゃあっっ
あちこちにぶつかりながら
甲高い声をあげる鳥……
ピィ
ゴン
ピィ
ゴン
ピィィ
ゴン
あわわ…
予想以上に
ビビる息子……
とりっ とりっ
とりっっ
しんで
いやぁ 何も そこまで
出てったよ…
そんなこと
言ったの初めてで
母もビビった…

「ゴミ箱から」

あれっ リモコンが ないっ
あれっ あれっ
さんざん探して
ゴミ箱の中から…
あった…
犯人は コイツか…
いやコイツしか いない
ママー リモコン あったのー よかったねー よかったねー
パチ
パチ
えっ
誤魔化そうと
してる? …でも
この曇りのない目
本当にやってないの
かもしれない……
それか忘れてるか…
多分コレ

「自然のオキテ」

あ…
お花…
柵に頭をぶつけそうだな…
そっ…
ママー見てー!!
ガッン★
いでぇえええええぇ
予想より動きが速かった…
自分の身を挺して子どもを守る…これぞ自然のオキテ…
でも超いてぇけど…
ただのうっかりだが高尚な気持ちに浸ることで自分を納得させるトシコだった……
私は正しい…

「まだまだ寒い」

公園行くか…と思ったら今日…寒いぞっ
帽子と手袋を追加してから出かけよう
イヤイヤ
イヤ イヤ
いやがらないで～
あ…雨ふってきた
ポッ
外出とりやめ…
ポッ
あー着せるのも面倒だったけど
脱ぐのも面倒くさーい
着のみ着のまま
春よ…はよ来い…
ゴーロゴロ

トシコ奮闘記 B面

「バス」

これ押す…
待って…降りるときに押すのっ
もう押す…
まだまだ降りないって……
ねぇ
ねぇ
あと20駅
時が無限に感じる…
拷問か

Theme

2歳児とのりもの

出産してハードル上がったことの一つ…
それが移動…
のぼるなあっ
周りに気をつかいたくなくて グリーン車に乗ったのに 結局 怒る人
ブラーン

「バスとベビーカー」

バスの座席に
ベビーカーを繋ぐベルトがありますが
混んでくるとジャマって顔されるし
畳むと
ズルズル～
ってなるし
持ってみても異様だし…
ジャマ…
正解はあるの？

「改札トラップ」

私がピッする!!
しょーがないなー
はい
ピッ
気持ちは分かるが…
待たされる側だと…面白くないのも事実……
ハルもーやるーっっ
しかも負の連鎖!!

「駐車券」

駐車券ゲット
幅寄せが苦手なので毎回必死にとってる
駐車券
うおおおおお
ママ〜おなかすいた!!
車降りたら食べられるから待っててッ
まだ——?
ぎゃあああ
あーほらもう降りるからッ!!
降りたいのに駐車券が見当たらない
グズられた時に記憶が飛んだ
落ち着いて探したいけどノイズが邪魔をする……
ノイズ→はやく〜
はやく〜

「初フライト」

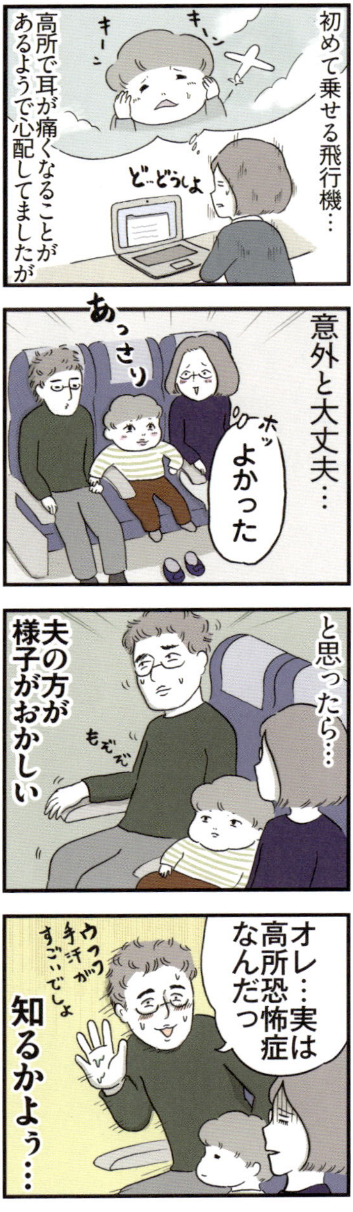
初めて乗せる飛行機…
高所で耳が痛くなることがあるようで心配してましたが
キーン
キーン
ど…どうしよ
意外と大丈夫…
あっさり
ホッ
よかった
と思ったら…
夫の方が様子がおかしい
もぞもぞ
オレ…実は高所恐怖症なんだっ
ウフフ 手汗がすごいでしょ
知るかよぅ…

「機内の禁じ手」

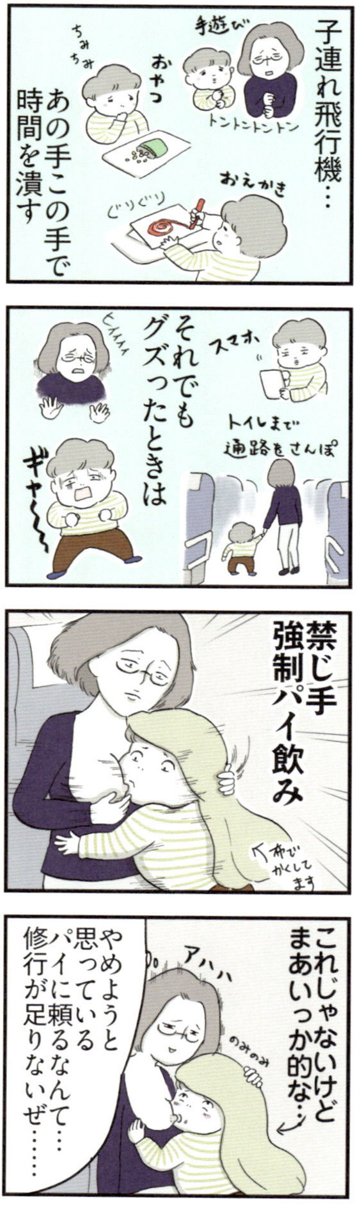
子連れ飛行機…
あの手この手で時間を潰す
手遊び
トントントントン
おやつ
ちみちみ
おえかき
ぐりぐり
それでもグズったときは
スマホ
トイレまで通路をさんぽ
ギャ〜〜
禁じ手
強制パイ飲み
↑布でかくしてます
これじゃないけどまあいっか的な…
アハハ
のみのみ
やめようと思っているパイに頼るなんて…修行が足りないぜ……

「機内のすごしかた」

飛行機内での子どもの対応は大変!!
でるなっ
でるーっ
えほん
他の人は…
寝たり…
読書したり…
うぅ…楽でいいな
まぁ子どもがいる楽しさもあるさ
人は人… 私は私…
えほん
当事者意識が足りん!!
でも夫!! お前は寝るなぁっ
へっ

トシコ奮闘記 「育児の失敗」

よく友達に
絵、すきだよね〜
子どもと一緒にお絵描きとかするの？
と言われます
私も子どもと二人でお絵描きしたり
理想 2人でお絵描き
何かクリエイティブな子育てに憧れてました
しかし現実は
えー
クレヨンの紙をひたすらちぎる
ビリ
ビリ
あおかーしーてッ
え…赤今貸したじゃん…
私が手に取ったクレヨンをすぐに奪いにくる
ちょっと描いたらすぐページをめくる
紙がもったいない!!
ペラッ
しかし一番つらいのは
私の絵の上に描く!!
ビリビリ

私はまあまあ大らかだと言われるほうで
泥の汚れとかは全然気にならないけど
あはっ
汚れちゃったね
自分の絵を侵略されると生理的嫌悪を感じるというか…
ゾワワワワ
あ
あ
しかもたまたまうまく描けちゃったりするんだこーゆーとき…
だって絵はココロの風景じゃないですか？
や…
やめて
ゴゴゴ
ゴゴゴゴ
ゴゴゴゴ
この時の私が怖かったのか
お絵描きしょっかー
と後々フォローしようとしても
ヤダッ
お絵描きを拒否するように!!
ペン
あー私が自分の絵なんかにこだわらず
息子が楽しむことに主軸をおけばよかったんだ
カッ
でもそれは私のお絵描きじゃない!!
諦めました
END

COLUMN
vol.02

それぞれの生後2週間目…
うーん
起きない…
そして乳が張る…
Zzz…
全然っっ
寝てくれなーいい
眠ーいっっ
どっちも真剣

育児という小宇宙

対極の悩みに閉じ込められて

最近出産した友達からLINEがありました。

「この子、朝まで寝ちゃうんだよね。大丈夫かな？
病院からは授乳を5時間以上は空けないでって言われたけど…」

一瞬、えっ…てなりました。別に悩む必要はないような…？　昼間は元気に泣いて乳も飲んでいるらしいし。私なんて新生児の頃は1時間おきに赤子が起きて気が狂いそうだったので、最初から寝てくれるなんて大当たりの逸材じゃないかと‼

と言いかけて、ふと思い直しました。そう、相手は本気で悩んでいるのです。

育児をしているとありますよね、異常じゃないのに心配してしまう現象…。まるで育児という小宇宙に閉じ込められるような。離乳食がどうとか、オムツがどうとか、あと数年もしたら忘れるレベルのことで悩む、悩む‼

でもそのときは真剣にその小宇宙の中でもがくわけです。取り越し苦労を沢山して。でも‼その積み重ねが今の私を作っていく‼……と思いたい。

相談してきた友達は、普段はサバサバした論理的な女性で、私なんかに相談するような柄じゃない…はずですが、やはり小宇宙パワーには取り込まれちゃってるね！とちょっとニヤニヤしてしまいました。よその育児の悩みに寄り添うことは難しいけれど、「そうそう、つい悩んじゃうよね」という気持ちだけでも共有したいと思う今日この頃。

そして、遠くから頑張れよ‼というエールを送るのでした。

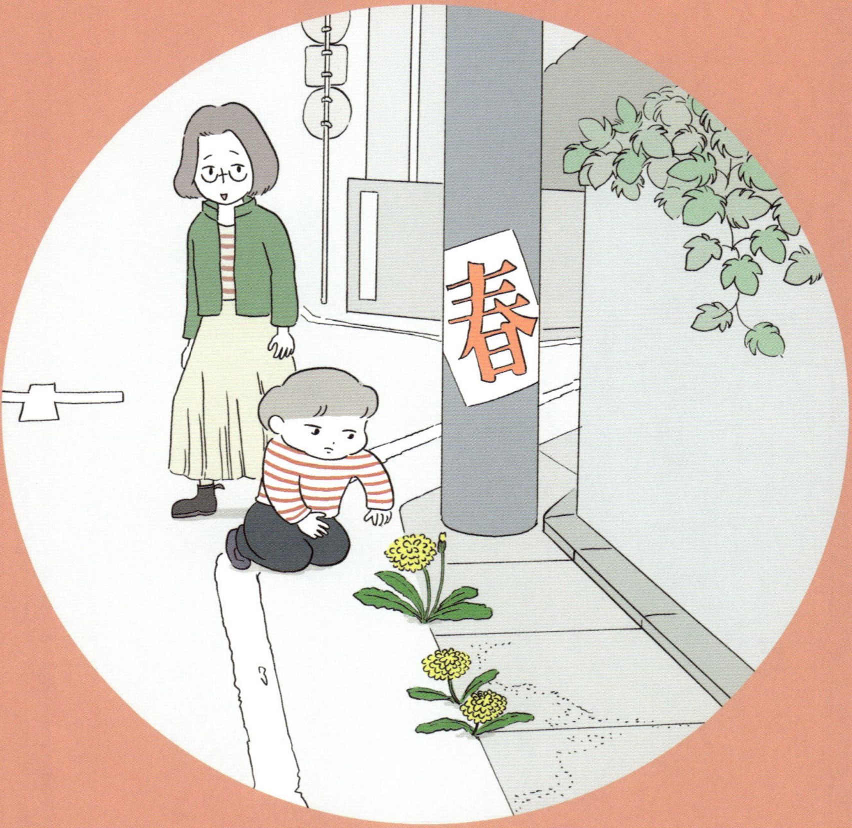

Episode.3

花散るように… 卒乳の季節

「春のコート」

春のコートか…
春はこういうコート着てお出かけ…いーなー…
桜の下で美味しいもの食べて…
ヒイイイイ
ベチョ
…………
来年は買おう…
ママー いこー
去年も同じこと言った

「タンポポ」

タンポポの季節だねー
ママ入れておいて
かわいいなー
タンポポ出してー
はいはい
ごそごそ
ママッ崩れてるよーっ
びえええええ
えっ!?
崩れる前提でポケットに入れたのかと…
物理の法則より、自分のイメージ優先の2歳児…

「おしゃれカフェ」

おしゃれカフェに入ってみた
MENU
キャー
ジロリ…
そうだよねー うるさいよね ごめんねー…
早くでよ…
でさー あいつの アソコって ×××で
うっせぇ
でも君らの下ネタはどーなの!?
ぎゃはは
申し訳なく思って損した

「リス園」

リス園に来た
あっみて あそこにっ
リス好き
あっホラッ あっちにも!!
みてーっっ
おーい…
息子は見慣れたものが好き…
みて… アリ捕まえた……
そうだった 君はそういうヤツだった…

「モルモット」

モルモットふれあいコーナー
さわるさわるっ
しかしいざ触ってみると…
ねえ…なんかチクチクする………
え…爪だよ…？
やだ――とって――
はいはい…
もー軟弱だなー
もうっチクチクしちゃメッでしょっ
そう言われても…
ってモルモットも思ったはず

「回転」

乗り物に並んでます
ちょっと
どこいく!?
そっちも
ダメッ
ブン
もうヤダー
ブン
はた迷惑なコンパス…のような息子……

「土壇場の変更」

まだまだ乗り物に並んでます
よし
次の番だ
入口
あっちに乗るッ
え
ダッ
ちょっとあんたが乗るって言ったんでしょ…!!
追いかけたいがあともう少しなのに列を抜けたくない………っ
勝手すぎ
戻れー
戻れぇぇっ
人目もはばからず絶叫した…

「先送り」

息子がラグに吐いた…
キャー
幼児固有技 マーライオン吐き……
あー頑張って洗ったけどニオイがとれないなぁ
これもうすぐしまおうと思ってたのに…
プ～ン
どうしようちゃんと洗ったほうがいいかな
それとも思い切って捨てる…？
まぁ…また次の冬に考えよう…
トシコはゲロ臭いラグをそっと押入れにしまった…

「いじられたスマホ」

目を離したスキに
息子がスマホをいじってた
わーデタラメなメール打ってる…でもまぁ…私の母宛だしいっか……
母
トゥルルルルルル
えっ電話かかってる⁉
誰…？
母⁉
学生時代のバイト先の先輩ッ
14年ぶりの連絡ッ
絶対変な勧誘だと思われてるッ
気まずいっっ
スマホは子どもの手の届かないところへ…

「おうち餃子スタイル」

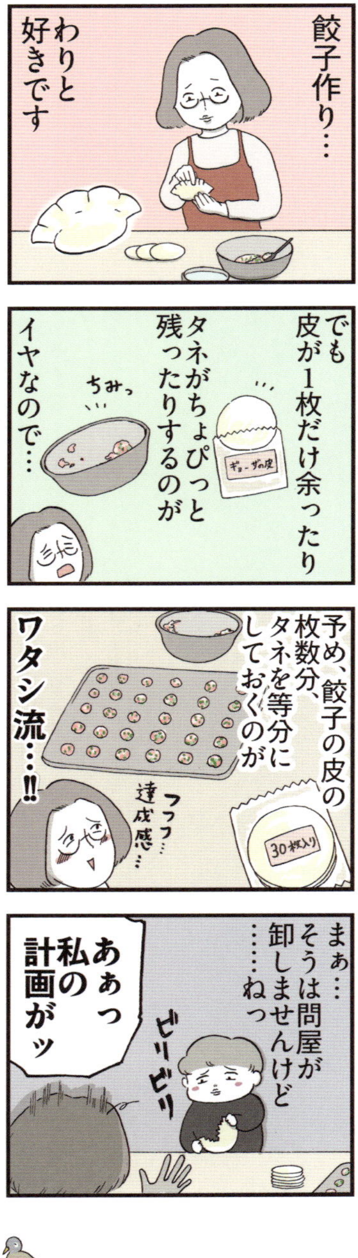
餃子作り…
わりと好きです
でも皮が1枚だけ余ったり
タネがちょぴっと残ったりするのが
イヤなので…
ちみっ
ギョーザの皮
予め、餃子の皮の枚数分、タネを等分にしておくのが
ワタシ流…‼
フフ…達成感…
30枚入り
まぁ…そうは問屋が卸しませんけど……ねっ
あぁっ私の計画がッ
ビリビリ

「卒乳の季節」

春は卒業の季節
そろそろ卒乳したい…
のみのみ
赤ちゃんのときはよかったけど…
よしよしかわいい赤ちゃん…
2歳半だとこんなんよ…
生物としておかしくない!?
あーしんど
でろーん
あげるほうもテキトー
大丈夫ッチンパンジーは7歳まで飲むからっ
猿と比較しないでいただきたい…
なんの慰めだ…
母

「いざ実行」

卒乳すると決めた私
今日はおっぱいナシで寝ようね!!
スッパリ
あ…
え…
ぎいぇあ
あああ あああ あああ あああ あああ あああ あああ あああ あああ
一時間経過…
これ…ずっと続くのかなぁ
うーん…
きぇえぇぇぇぇえっえっえっ
ウロウロ…

「とんだ茶番」

卒乳を断行してみたものの
えっえっえっおっおっおっおっ
予想以上の息子の抵抗に戸惑うトシコだった…
もう3時間近く泣き続けてる…
ひぎっ ひぎっ ぎえっ
ううむ…これほどとは……
だめだ…もう疲れた（私が）
わかった…やめるのは今度にしよう
これって
のーみのみ…
大騒ぎしたけど結局別れなかったってやつでは…？
ダメなパターンだ…

「予告」

急に卒乳しようとしたからダメだったのかも
今日から1カ月後におっぱいやめます!!
宣言!!
うんわかった
えっ
本当に!?
うん
本当に大丈夫!?
うんやめる!!
じゃ今から
飲もうっ
こいつ絶対わかってねえ!!
…と思いつつ卒乳へのカウントダウンが始まった

「締めの言葉」

あっという間に卒乳の日
最後の授乳
夫が記念に動画を撮っています
何か卒乳に向けてコメントはありますか?
急にインタビュー風に…
え
そうね…今までは何かとおっぱいに頼りがちだったから……
これからはおっぱいがなくても安心できる関係を築いていきたいな
ほぅじゃあ乳を介した本能的なつながりから
もっと文化的な親子関係へのシフト…ということですね
うん…まあそーだね…
別にまとめなくていい

「うやむやに…」

さあ…ハル最後のおっぱいの味はどうかな?
あ…
もう寝ちゃってる………
ハル…理解したかな
いや怪しい
いいのかな……
いやいいでしょ充分飲んできたもん
よしじゃあこれで…
祝卒乳!!
ご愛飲ありがとうございました!!

「抜いても抜いても」

「浅はかなり」

「本当に終わった」

なんとかおっぱいを飲まずに一日が終了…
くすん…
よくがんばったね……
あ…
服の上からねらってる
はむっ
はむっ
ハル…
おっぱいは終わり……おっぱいは終わったのよ…
ギーンッ
お
と叫んでそのまま寝ました
終わりかあーっ
ゴロゴロゴロゴロ

「卒乳完了」

卒乳して一週間…乳のことなどすっかり忘れたかのよう……
くかー
すごく寝つきがよくなる
でも…
おっぱいがある……
はは…本当だ
ハート型の風船が少ししぼんだ…
おっぱいだ
へへ…
へへ…
そっか…欲しがらないだけで忘れてはいないんだな
子どもなりに理解して前に進んでるんだなぁ…
ちゅっ
ちゅっ

「くさいよ」

んんん
ウンチが出たようだ
くさいよ～
くさいよ～
大丈夫くさくないよー
慣れっこだし….
…………
え
え
どーした
くさーいって言ってー
くさがってほしいという謎の要求…

「いってみたい」

テレビを見て
いってみたーい
…と言うのが最近のブーム
私のマネしてるだけかも…
本気かは不明….
いってみたーい
ねーー海いいね
いってみたーい
ねーー世界遺産いいねー
いってみたーい
NEWS
え!! 紛争地帯だよ!?

「夜泣き」

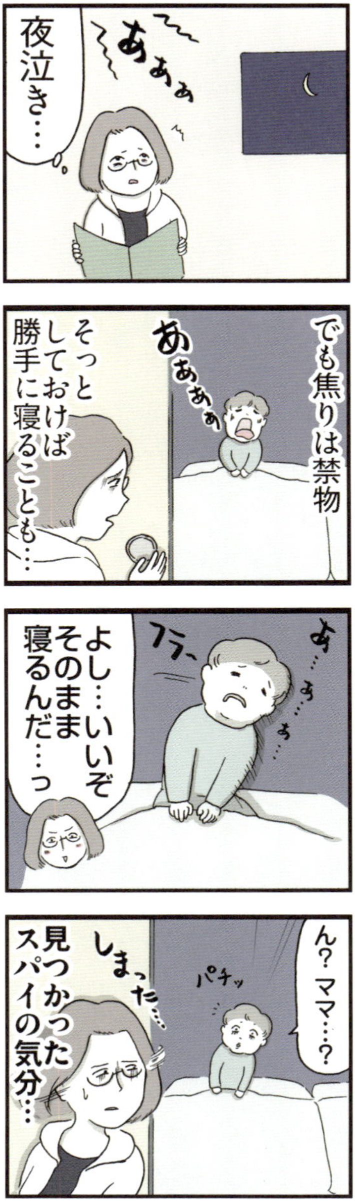
夜泣き…
ああぁ
でも焦りは禁物
そっとしておけば勝手に寝ることも…
あああぁ
よし…いいぞそのまま寝るんだ…っ
フラ～
あ…あ…あ…
ん？ ママ…？
パチッ
しまった…
見つかったスパイの気分…

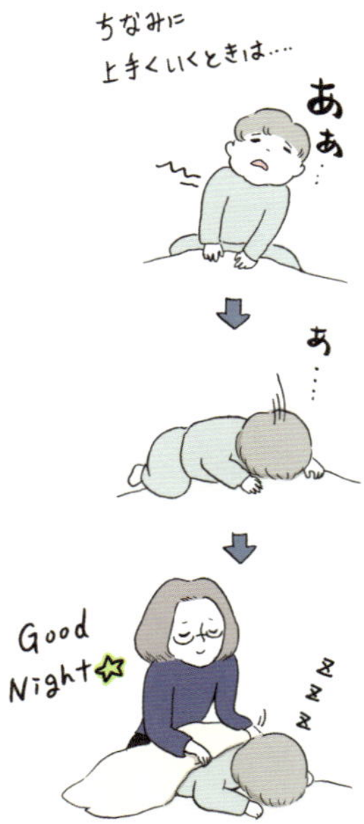
ちなみに
上手くいくときは…
ああ…
あ…
Good Night☆
zzz

でもま…0歳ごろの夜泣きを思えば…
げっそり…
こんくらいは赦す!!

「衣替え」

去年の夏物を出してます
パッ
パッ
あーこれ気に入ってたのに もう小さいなぁー
これは…サイズは丁度いいけど汚れがひどい……
ドロ…
ドロ…
おっこれは
リサイクルでなんとなく貰ったやつだがなかなかいいかんじ!!
と思ったら
背中がすごい主張しているっ
DEATH
丁度よい服がみつからない

「憧れのナチュラル」

ナチュラルで丁寧な暮らし…的な雑誌を読むのが好き…
現実の生活がガチャガチャしてるから憧れる……
ナチュラル
すてきな暮らし
オーガニックコットンや…
ラタンのカゴ…
庭のハーブ達…
うっとり…
実際身の回りにあるもの
公園に行くたび拾ってくる木の棒
なんかよくわからない葉っぱ
季節がすぎて腐りはじめたドングリ
召集されたダンゴムシ
ナチュラルだけどそうじゃな――い!!
いやあぁぁぁ
?
ま、これはこれで楽しんでますけどねッ

「計画性のなさ」

あ、うちは宅配食材のシステムを使ってるよ
あ、それ慣れると楽だよ〜
へ〜いいかも〜
一週間分の食材を、このマークシートに書き込むと…
なるほど
それが届くわけねっ
一週間分の献立………
だめだ…!!
一週間どころか今日何が食べたいのかも思いつかん…
みんな当たり前のように計画性発揮できてるって実はすごいことでは…!?

「イッツ マイ ライフ」

乳幼児母にとって1人時間は貴重…!!
母業
ああぁ〜
そんな母業から解放されたひとときで
母業
「何をするか」その人がよく表れる気がするなぁ…
ネイル
スポーツ
ライブ
くひひっ
漫喫を満喫〜
なんちゃっ
私、けっこう幸せです……

「放置しすぎた」

なんか…ヤな感じする…
つま先が痛いのかな……?
ハッ
そういや手の爪は気にしてたけど……足の爪は…しばらく切ってなかったかも……
どれどれ靴下脱いで…
見せてごらん…
わ…すっごい野生…!!
母のズボラにより鬼のような足に!!
爪伸びすぎ + ドロだらけ…
ごめんっ

「手をつなぐの嫌」

最近手をつなぐのを嫌がることがあります
自分で歩くっ
ねーー手をつないでよっ
パシッ
やだーひとりでーっ
もうおおおっ
はなしてーっ
離して大丈夫なら離したいわっ
離したら2秒で死にそう…
ガガガガガ
ビュン
ビュン

「公園妻たちと虫」

虫捕りが始まるシーズンですね
公園で雑談して思ったのですが…
虫が苦手って人けっこう多いんですね
私…近寄れなくて…
すみません…
意識したことなかった…
でも虫苦手をことさらアピールする人はなんだかな〜
もー本当昔っから
ほんっと苦手〜
こわい〜
え…もしかして可愛コぶってる??
(違ってたらサーセン 性格悪くて…)
で個人的に好きなのは「虫苦手だけど子どものために頑張っちゃうママ」
んんんん〜
キュンとくるわ〜

「白パンツのママ」

白いパンツ履いてるママっていいなぁ…
春っぽい♡
でも私は汚さない自信ないなぁ…
「汚されるのに神経質なママ」みたいなのは個人的に嫌だし…
さわらないでっっ
あ、あのママの白パンツに
ママー
泥んこの魔の手が………!!
どうする!?
なにー?
楽しい感じにかわしたー!!
くるーり
いろいろとレベル高い…

「マイブーム園芸」

最近のマイブーム園芸
イチゴの鉢植えを買いましたっ
ホラ、緑のイチゴがついてるでしょ
これから赤くなるの楽しみだなぁ
ブチッ
わーっ
私の楽しみ一網打尽にしやがった…

「吊り下げ式」

吊り下げ式のアイビーを飾ってみた
なんか…オシャレ人間みたい…♡
ちょい高かったけど買ってよかったかも……
あ…ホラ息子も…
緑に親しんでる…
ザァァァァァァァァァ
土がっっ
あぁぁ
幼児の手の届く所には…（以下略）

「植物のしくみ」

イチゴができてきました
もうすぐ収穫できるね
ジャー
ね、イチゴにみずあげてー
え……あげてるじゃん？
ジャアアアア
どうやら根っこではなく…
実の部分に水をあげると思ってるらしい…
あげてー!!
なんか使命を帯びた顔….
ああ～傷んじゃう傷んじゃう
説明下手な母は今なんていうべきか必死に思案中……
ジャアアアアアア

「シャボン玉の性質」

輪を液につけるタイプのシャボン玉……
ハート型と星型がある…
ふわんっ
わー上手ー
ちゃぷっ
ちがうー
ちがうー
えーキレイなシャボン玉だよ？
ハートにならない
真剣!!
ハート型のシャボン玉ができると思ってるの!?
クッキーの型抜きとは違うよ…
かわいい

「荷物多いときの抱っこ」

ダッコー
いや今荷物多いからムリだよ
ダイジョーブッ
荷物…持つ…
総重量変わらないじゃんッ

「歩かない」

歩かない
…と言われたときは
そんなこと言わないっ歩くよッ
イヤァァァギャァァアァァァ
とかやってると大騒ぎになるので…
そ…じゃあママも
歩かない…
…と言ってみる
ムスッ
トコトコ
よしよし
押してダメなら引いてみろ

「義父とミニカー」

夫の父と一緒にショッピングモールに来た
あっミニカー
ミニカー
ミニカーほしいっ
よしじゃあじいちゃんが1つ買ってやろう
ミニカ
フフ…ハルおじいちゃんにミニカー買ってもらってよかったね…
じゃ～ん
あれなんかおもちゃの箱でかくね？
何のネゴした息子よ…

「二人目コール？」

トシコさん…子どもが一人から二人になったからといって
育児が二倍大変になるわけじゃないの…
むしろある部分では楽になる所もあるのよ
これは…二人目コールというやつ？
でも全く興味ないわけじゃないから聞いてみる
へー…じゃあカズくん(夫)が小さいときはどうでしたか？
夫は年子の2人兄弟
バタバタしてたからあまりよく覚えてないワ～
説得力ないぞ…!!

「UVケア」

日差しが強くなってきたな――
サン サン
そろそろ帽子の出番
はい かぶろーねっ
ヤダァ
当然嫌がる
でもお日さま浴びるとママみたいにブツブツできちゃうよ〜
しみ そばかす
…と実体験を元に脅す作戦……
あっ…ゴミだらけ
グサッ
人から言われるとダメージでかい……

「いらんこと言う」

UVケアの大切さを息子に伝えるべく自分のシミを見せたら
ゴミだらけ
と言われたトシコ
気をとり直してお出かけ
あ
ゴミついてる
ひゃあああああああ
あの人も……ッ
自分で撒いたタネが悪いように発芽しはじめた……
もう言うなっ
ふぐっ

「採集の鬼」

潮干狩りに来ました
けっこう人が多いな〜
足元も悪いし…
はぐれないよう気をつけよ……
夫
妻子を置いて行くなぁあああああああぁ
聞こえてない
ハァハァ
そこにもう夫は居ない…あるのは採集本能のみ!!
ザクザク

「『とる』違い」

ママ〜みて〜
貝とれた
わーいいねー
ママ〜もっととれた〜
へー
どっちゃり
誰の!?
採るってか盗ってた

「風船」

風船で遊ぶ息子
ポーン
食事の片付け中…
ポーン
!?
ペチョッ
ケチャップ
あ…まって拭くもの持ってくるから
打ち上げるなーーッ
ポーン

「アンニュイ」

?
珍しくアンニュイだぞ………
んんんんんんんんん
プ〜ン
ウンコに集中してたのか…
くさ…っ

「イソップ的作戦」

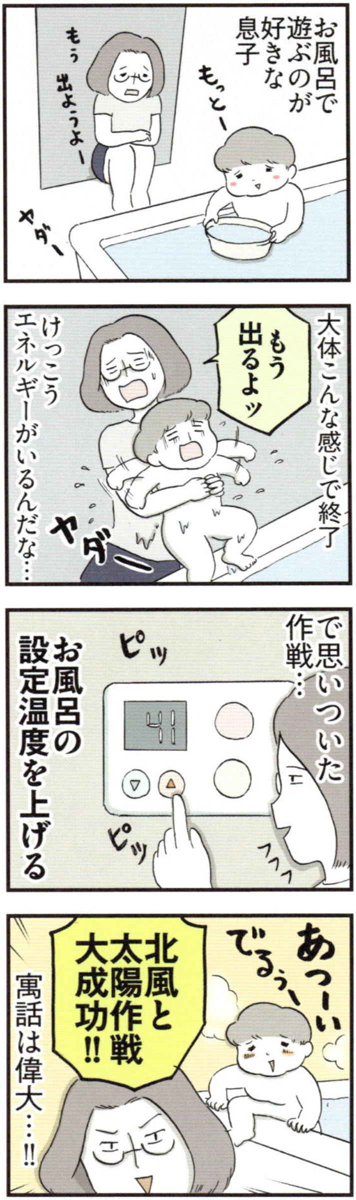
お風呂で遊ぶのが好きな息子
もっとー
もう出ようよー
ヤダー
大体こんな感じで終了
もう出るよッ
けっこうエネルギーがいるんだな…
ヤダー
で思いついた作戦…
お風呂の設定温度を上げる
ピッ
41
ピッ
フフフ
あっつーい
でるぅ〜
北風と太陽作戦大成功!!
寓話は偉大…!!

「タイムラグ」

風呂…
ゴシゴシ
もう出る…
えっ!?
ちょっと待って
ジャアアアアアア
待ってー
しかし泡だらけのまま出るわけにもいかず…
遅かったか……
ビチョ〜
泡を流す…という一瞬のタイムラグで広がる被害……

「ボーダーライン」

子どものポケットからは色々なものが出てきます
ズボン
葉っぱに小石…
かわいいもんだわ
ポケットからダンゴムシ
もうこれは慣れて許容範囲…
でもカナブンはいやあああぁ
これが私のボーダーライン…

「断定」

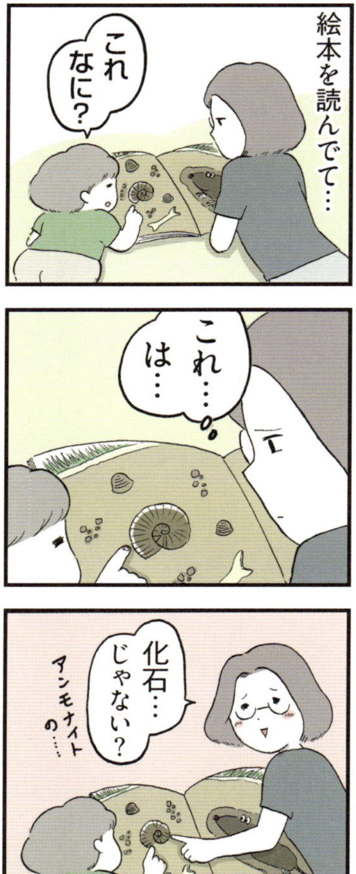

絵本を読んでて…
これなに？
これ…は…
化石…じゃない？
アンモナイトの……
ちがうッカタツムリ!!
あああ…
自分の中で断定してるなら聞く必要なくね？

「天への反抗」

晴天の日でも長靴を好んで履く…
カンカン
チグハグ男子の息子……
雨の季節到来…
しと
しと
ハルゥゥゥゥ今日は堂々とっ
長靴を履けるよう…っ
やだこれっ
今日に限ってなぜ草履!!
何かに挑んでるのか息子よ…
えっ

「スコールが私を狂わせる」

髪伸びてるしヒマだしで千円カットに電話…
あ、もしもし15分後が空いてる? あ、徒歩5分なんで今から行きまーす
あ…今ポツっと来た
ポツ
早く店に行こーー……
ザァアアアアアアア
急ッ
別に今じゃなくてもよかったのに…なぜ予約した私なぜ今降った雨…もはや傘取りに戻っても無駄だし前に進むしか!!
ザァアアア
そして店に着く頃には止むという……

「上手くさせない」

「振り回すと危険」

「ベビーカーのレインカバー」

ベビーカー用のレインカバーを購入
やっぱ嫌がる……
バサバサ
ヤダーあついー
出るー
バッ
あっ濡れちゃうよッ
でもものすごい満足げな顔してる…
フゥゥ〜
涼しくなれば、濡れるかどうかは気にしないようである

「やっと晴れたのに…」

やっと晴れた…溜まりに溜まった洗濯物干そう
お外いこーっ
あ…ごめんちょっと待ってね……
ねーおそとぉ
ごめんごめん干し終わったら行こうねーー
量多くて時間かかってる…
やだあああぁあ
今日干さないと明日から着るものないのッ
いやぁあぁおそとぉおぉおぉおぉ….
明日また雨だしっ
家族のために頑張ってるのに
家族に責められるなんて…
晴れたのに心どんより…
いやぁあぁあぁあ

「早期終了ならず」

あ…もう寝そう…
うっら うっら
フフ…今日は観たいDVDもあるし
このまま寝たらそっと布団に運ぼう…
むにゃ むにゃ
ただいまー
バァン
あっパパ
パチ
こんな時に限って…
早く帰ってきてほしい時は居ないというのに…
復活…!!

「夫とSNS」

最近夫が休日出勤や飲み会などで育児参加が少ないと感じてる
ずっと一人育児だとストレス溜まるんじゃい!!
心の叫び
リミットブレイク
…というわけでしばらくぶりの家族の休日
とりあえずホッ…
その夜SNSにて
あ、今日のことUPしてるんだ
息子と公園!! 成長におどろく1日….
続々寄せられるイクメン賞賛的コメント
いいね 2714
イクメンしてるね～
育児おつかれ～ うちの子も2歳になったよ
いつの間にかいいパパになってる…!!
別にいいけどちょっぴりイラッ…

「慣性」

相変わらず歯磨き苦手な息子…
ああ
最近は一応大人しくしてくれますが嫌がって叫びます…
シャカシャカ
ああああ
ああああ
…もう終わったよ
あああああ
何に叫んでるんだ⁉

「夜の飛行物体」

1カ月前の息子
一昨日の息子
昨日の息子
今夜も順調に飛行している
子どもの寝姿が飛んでるように見えたら夏が近い証拠…

トシコ奮闘記 B面

「脱毛」

トシコの卒乳したらしたいこと…
それは脱毛!!
なぜってもが濃いからプツプツしちゃうっっ
今年の夏はツルスベ肌にッ!!
で早速やってみたけど
バチッ
ビクッ
すんごく痛いんだけど…
ひあっっ
経産婦だから痛みには自信あったけど別ベクトルで痛い!!
しかも一回りほど歳下の人間に半裸でこねくり回される屈辱感
こんな…ことに私はずっと焦がれてた……なんて……
バチッ
バチッ
痛みの中虚しさがこみ上げる!!
ガクッ

Thema
卒乳したら したいこと

カムバック♡
タートルネック好きなので
授乳の心配なく着れてうれしい
授乳期はここがよくヨレていた

「飲酒」

卒乳したから子どもが寝たらお酒飲み放題だッ
今日はガツンと焼酎ロック!!
あぁ…ぜったい美味いに違いない…
いただきまーす…
あれ…意外とうまくない!!
うっ
アルコールがキツく感じる!!
なんつーか大学の新入生歓迎会で飲んだ酒の味がする…
飲み慣れない…
飲んで　飲んでっ
カシスオレンジあたりから再開すべきだったか…!?

「服薬」

産後、肝斑(シミ)が気になるようになったトシコ…
薬飲んで治そうっっ
卒乳したから母乳への影響を気にしなくていいんだ
思えば妊娠中はひどい風邪でも
うーゴホゴホ
お腹の子の為に薬を飲むのをためらってたもんなぁ…
でも今日は
綺麗になりたいという己の欲の為だけに
薬を飲んじゃうぞッ
ごっくん
あぁ…自分の身体が自分のものだけ…という開放感…っっ
トシコ…肝斑の薬でハイになる!!

「実家のみんな」

母、次女、三女は、息子と遊んでくれます
あそんでー
しょーがないなぁ
父と四女はあくまでもマイペース…
フフッ
ピコピコ
お互いに
スルー
フォフォフォ
ばぁば あそぼー
ピコピコ
子どもも案外、無駄なことはしないもんである…

Theme

たまには帰省

私は４人姉妹の長女です…

四女
次女
父
私
三女
母
息子

「おじいちゃんする？」

私の祖父（既に他界）は、まめに遊んでくれるタイプでした
ブランコつくったぞ～
わ～い
わ～い
さて…今度は私の父が「おじいちゃん」に…
そのおじいちゃんっぷりはいかに!?
父
ねーあそぼ
うん…
ポン
ポン
うん…
それで構ったつもりなのか父よ…
まあ…父らしいが…

「父とオムツ」

あ、トシコ
ウンチしてるぞ
ごめん…電話中…お父さんお願いしていい……?
ボソ
ふう電話おわり…
お父さんオムツ替え大丈夫だったかな?
トシコ!!ウンチが出てるぞッ
かえとけよ…
父にはオムツ替えはハードルが高かったらしい…

「テーマパーク奉行」

次女はおでかけ奉行…テーマパークの仕切り屋である
うーむ どう動くべきか
ガイド
トイレ…
オムツかえなきゃ
あーそれ行ってきて
あ、お父さんレストラン予約お願い
あとの2人は飲み物を…
うん
うん
うん
ビシ
さて次のアトラクションの予約時間まで40分あります
その40分間は…
コーヒーカップに乗って時間をつぶします!!
だからみんな用事が済んだらコーヒーカップに来てね!!
断定↓
よし散れっ
私たちは何しに来たの⁉
訓練⁉

「おねだり」

ジュースほしい〜
えーさっきお茶買ったじゃん……
ジューススタンド
ハハ…私も子どもの頃母にジュースねだったなぁ
お母さーん
買ってー
あーいうのはダメッ骨が溶けるからっ
ってなかなか買ってくれなかったけど…
はい♡
買ったよ♡
って母あっさり買ってきてるし!!
孫の骨はいいのか
孫の骨はよぉ……

「トコちゃんのホットケーキ」

トシコが小さいときね
レストランで
他の人が頼んだ
ホットケーキを
トコちゃんのホットケーキ待てーーー
って追いかけようとしたのよ～
トシコ 8さい
アハハ
母
母はこのエピソードが好きで…
年に1、2回のペースで言い続けてました…
あのねーーホットケーキ待てーってね
もう何回その話するの!?
ウザッ
トシコ14さい
私が大人になってもホットケーキを見かける度に…
あ、子どもの頃ホットケーキ待てーって…
うんうん そーだねー
ほんとこの話好きだな…
トシコ25さい
子どもができても…
あのねママったら小さいときレストランでね…
ちょっとこの話次世代まで持ちこす気!?
ウフフ…
もう…解放して…

「ママの歴史」

息子と実家近くの公園へ
ママ小さいころ よくここで遊んだんだ
ここでお花摘みもよくやったなぁ………
ちなみにこのベンチは20歳のとき酔って家に着くまで我慢できず
オエエ
吐いたことがあるんだなぁ…
ママにはね…君に伝えたい思い出と……
封印すべき恥があるよ……っ♡
ママにも歴史あり!!

COLUMN
vol.03

円満な自然卒乳に憧れ…
おっぱいバイバーイ
まあっ
いつかそんな日がくる…
※結局こなかった

自然卒乳への憧れ

正直言って、2歳すぎての授乳は負担でした

母乳育児を始めて頭をよぎるのは、「いつやめるか」ということ。別れを想定しながら始めるなんて、複雑な恋愛みたい…なーんて思いながら、来たるべき卒乳についての記事をネットや本で読み漁る日々。そこで見つけた一文が「自然卒乳」。離乳食完了とともに、子どものほうから自然と飲まなくなる…「これだ!!」と思いました。

1歳半くらいから自然卒乳する子が多いそうなので、なんとなく息子も2歳になる頃には自然と卒乳できているだろうと思っていました。

でも、これが甘かった…2歳になっても息子の乳への執着は全く衰えず!!　正直、私の乳も、絞りに絞られて痛くて、授乳自体が苦痛になってしまい…。

だけど、ここまで頑張ったのだから理想の形で卒乳したい!!と、耐久レースのような気持ちで日々授乳していました。

そんなある日、夫が「タバコの直径って乳首の大きさと同じなんだって！」という都市伝説を披露していて…この説に根拠はないけれど…喫煙者と息子の姿がかぶり、惰性で吸っているような気もして「変な理想にこだわらずやめよう!!」と思い立ったのです。

でも、いざやめようと思ったら、おっぱい飲んでる顔とか可愛いな〜なんて思ってしまって揺らぐ揺らぐ…。作中のとおり、卒乳は難航しました。

もっと早くやめてもよかったと思うこともありますが、今となっては後の祭り。通ってきた道がベストと思うしかないですね!!

Episode.4

こんなんで、いいんです
私の育児

「スリット」

もう洗濯しないとヤバい…というときに
洗濯機を回すも干すの忘れて夜に発見
やってしまったっ
ヤバい息子の寝間着がないぞ——
ゴソゴソ
なんかないかなー…
あっこれ!!
去年着てたロンパース!!
股下のスナップがハマらないけどまあいっか…っっ
おむつ丸見え…
ミニスカのチャイナ服みたいだけど……
予期せず発生したセクシー要素……

「発展」

2歳だった息子も
3歳に近づいています
ちょっと伸びる…
2歳になりたての頃は意味不明なイタズラが多かったのですが
カラ
カラ
カラ
キャートイレットペーパーがッ
しかし最近は…
ジャボジャボ
ぎゃー何やってんのー!?
?
トイレをおそーじしてるの
そ…そっか一緒にやろうね
アハハ…
彼なりに意味のある行為にはなってきている

「本格派」

ねんどで遊んでます
こーね こね
ピザー
わーいいねー
じゃあやきまーす
はーい
ヴゥ〜ン
ハッこの音は…!!
電子レンジ
ヴーン
本当に調理するつもり!?
本格派すぎるだろ!!
あわわ

「あせも対策」

夕食後…子どもが寝落ちしそう
こっくん
あっ寝る…!!
このまま寝かせてあげたいけど最近あせもが出来るんだよなー
おしりに…
よいしょっと
シャワーだけでもサッとあびさせちゃおう
フラ〜
あぁーねむいー
あぁ〜
ねむいー
シャアアア
ごめんごめん
ハハ…
寝た…
よく寝られるな…
ガク
人形洗ってるみたい
でもこの1ステップが明日のあせもを防ぐのだ!!

「毛をごまかせない服」

なかなかゆっくり風呂に入れず、サロンに行く時間もないので
ムダ毛処理が滞っております
ボーボー
まぁ袖のあるトップスと10分丈のパンツでごまかせば…
と思ったら全部洗濯中!!
ヒィイイイイ
残されたのはノースリと半端丈パンツ
あぁー
なぜこんなんばっか買った私 己を知れ!!
仕方ないので出かける前に毛を剃る
じー
じっと見ないで!!

「お下がりと子どもの好み」

お下がり沢山もらいました
わーい
これなんかブランド物だし新品同様じゃん
え…着るの嫌なの…?
イヤ イヤ
しかし着倒された服は喜んで受け入れる…
これいい…
ヨレ…
ヨレ…
誰かが着た形跡をあえてたどりたい……ケモノ道的な?

「寝てから入る」

子どもと一緒のお風呂はタイミングが合わないことも…
もーでるー
えー今洗いはじめたのにっ
なので子どもだけシャワー浴びさせて
シャー
寝た後にゆっくり入る作戦
フフ…後でゆっくり半身浴とかしよーっと…♡
トントン
ハアッ
そのまま寝ちゃったあ
おきて〜
顔も髪も全身ベットベトです…
化粧したままだしっっ

「流浪の果て」

フリマで子ども服を買うことも…
わーこれ200円♡
どーぞー
これもいかがですか？50円でいいですよー
えっすごい状態いいのにッ!!もらいます！
しかし帰宅して子どもに着せようとすると
着ないー!!
うぅ…着ないと50円でも無駄遣いじゃッ
よく見ると何度も名前を書き直した跡が…
りく
「買ったけど着ない」を繰り返して今ここに在る

「子ども好きアピール」

コーヒーショップで隣の席の女の子が息子をあやしてくれた
かわいーっ
お前ほんと子どもに弱いよな
だってぇ可愛いんだもーん
きゃい きゃい
あ、俺トイレ…
しら〜
ちょっお前……子ども好きアピールは彼の前だけかい?
ダシにされてちょっと損した気分…!!

「ガム」

町内のイベントでお菓子もらう
あ…これ飴だと思ったらガムだった…
なめ なめ
ガムははじめて…
このお菓子ガムって言ってべーっと出さなきゃなんだ
べーって出せる??
ごくん
べー
遅い…

「水風船」

公園で水風船
今ふくらましてるよー待っててねー
キュッ
ジャアアアア
あっ
急に入れたら……
パァン
われたっ
われちゃった
すんごい嬉しそうだなぁ……
くっくっくっ
半笑いで蛇口持ってる…
破壊の味を占めた顔だ…

「自分がやるにはいい」

水風船を割って楽しむ息子…
わーい
パシャッ
近所の子
はいはい
1コやらせて～
わーい
パシャッ
ひぃあぁあああ
自分で割るのは楽しいけど人が割ったら嫌ってことね
ガワッ
…気持ちはわかる

「投票」

投票に来ました
入れたーい
投票箱
ご本人が箱に入れるようお願いします!!
ビシッ
あっあっすみませんっっ
はいじゃあママ入れるね
入れたかったぁあ～
トン
親の私は人前で注意され子どもは泣き叫び……
気まずい一票…
ズルズル
いやぁ

「相棒」

たまにはガーリーなものを買いたい
レースアップの靴かわいいなー
でもこれ児童館出るとき
よいしょ
よいしょ
あーつつ
ガーッ
ダッ
やっぱり一瞬で追いかけられるスリッポン一択!!
君こそ私の相棒!!
結局変わりばえしない…
スポッ
フフフフ
フフフ

「寝る前にお水」

暑い夜の寝かしつけ
おみずー
ごく ごく
うう… 何回めだ…
チビチビ飲んでばっかでなかなか寝てくれない…
おみずないー くんでー
死ぬほど眠いのに… 起きたくないよー
あー大変だと思ってた授乳だけど…給水口が自分についてるメリットもあったかも
眠すぎる母には狭小住宅の移動だって苦行なのだ…
もう降りなくていいように沢山水用意したのに……
一口飲んで寝た…
すやぁ…
その一口くらい我慢して寝れたのでは…?

「ウナギ」

ウナギもらっちゃった♡
え 嫌い
ウソー!?
食べたことないじゃん
いや 一口だけ食べてみなよっ
ホーラ 一口 一口!!
えーやだー
むぐ むぐ…
ママまずいでしょ…
え、美味しいけど?
手をつけず
食べてあげる
旨かったんだな…

「自分で歯みがき」

いつものように
歯みがきしようとしたら
自分でやるー
シャカ シャカ
うん…自分でやる意欲はいいことだが…
まぁ…一発でダメにするよね…
ケバ ケバ
みがいてるっていうか噛んでる

「寝落ちに隠された…」

寝落ちした息子…
zzzz
私がトイレ行ってる間に完睡ミミ
あ…
こーなるとお風呂云々は諦め、布団に直行
やれやれ
でもなかなか寝ないよりこーゆー日の方が楽
濡れタオルで身体を拭きます
zzz
フキ フキ
なんかすごいお世話してる感……
ふぁっ 知らぬ間にウンチしてるっ
とんでもねぇ隠し玉がッ

「クーラーの夜」

熱帯夜…
暑い…寝つけない…
ぐだ
ぐだ
ぐだ
もうクーラーをつけるしかない…!!
スイッチオン!!
ああっ タイマー忘れた そして明け方寒い!!
ハッ…息子は…
あぁもう 一目でわかる寝冷え状態だぁ…っ
もうろう
今日の予定は終わったな…
ゴメンッ

「無理しない」

息子の体調がちょっと悪そうなときがあって…
好物なのに進まないな〜
食欲…なさそうだね
無理しなくていいよ…
またある日…
体調絶好調
苦手な野菜
無理しなくていい…
自分で言っちゃう!?

「意外と元気…？」

息子、何度か吐き
朝からグッタリ
心配だし一応
病院行っとくか
あ
新作!!
ハンバーガー
たべたい♡
たべたい♡
さっき吐いたでしょ!!
自分の体調を
把握できない子ども…

「処理スキル」

息子、夏風邪
やっかいなのは…
うげろっっっ
布団に吐くこと
布団に浸透しないうちに
素早くカバーをはぎとる
バッ
ペーパータオルで拭き…
ビニール袋
塩素系漂白剤にin!!
うおりゃっっ
子どもの口をふく…
こんなん慣れっこなんで
処理スキルが上がった私
イメージは映画の
カッコイイ化学処理班…
※イメージです
ガムシャラな日々…
進化する私の処理スキルを見よ…!!

「おかゆバリエ」

胃腸カゼの息子…就寝…
まだ少し熱あるけど落ち着いたかな
しかしお腹すいた…でも今あるのは
息子用に作ったものの食べなかったおかゆ…
うーんどーしたもんか…
薄味飽きたからキムチと韓国のり投入……おおイケる!!
ゆずこしょうと鶏ハムもいい感じ…!!
パクチーとスイートチリソースもいい!!
なんちゃってベトナム風!!
さらにフライドオニオンをっ
IN
母、ひっそりストレス解消中…
スパイスって偉大!!

「一人打ち上げ」

数日して息子の熱下がる
Zzz
よかった……
あー一番大変なのは息子だけど…私だって看病大変だったんだ
何か自分に褒美を与えたい
ただいまー
あーおかえりー私ちょっと外出るね!!ハルの熱は下がったけど一応見ておいてっ
じゃあ後よろしくっ
看病後貪り食らうジャンクかな
独り深夜のバーガーショップ
これが私の一人打ち上げ

「線香花火」

うちの敷地は狭いので線香花火だけをやることに
じっとしててね～
一応戸建だが庭はないので玄関前でやる…
わっ
キレー
わぁー♡
ヒュンッ
ポロン
あ
点灯時間1秒で終了…
またしても
ヒュンッ
ポロ～ン
まだこの繊細な美を扱うには月齢が足りない……

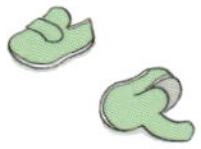

「体温調節無視」

着るものへのこだわりがけっこうあって
これがいい
と主張してきます…
えーそれ冬用の寝巻きでしょ⁉
こんな暑い夜に着たら体調くずすって
ヤダーッ
まあいいや面倒だし…
トン
トン
寝てもらおう
案の定、汗だくに…寝ている間にこっそり脱がす
zzz
汗だくだく
何だろね…汗かきたいのかな

「海水浴デビュー」

海水浴に来ました
イエーイ海だーっ
しかし懸念事項が!!
はるばる葉山まで!!
去年浜辺を散歩したら波が怖い…と息子が大泣きだったのだ…
こわ……
もう今年は大丈夫だよね？
ザァァァア
ドキドキ
でも心配なので
わぁーなにあれ海ーー!?
楽しそーー!!
全力で楽しさを演出!!
若干の不信感を感じつつも？
行ってみるか…みたいな
よしっよーし!!

「海ファッション」

トシコの海ファッション
ワンデーのコンタクトとサングラス
ヒモつきぼうし
ラッシュガード（手の甲まで）
スイムレギンス
海パン
マリンシューズ
いやだって日焼け怖いしお腹も出てる
子どもと海体験するんだからいーのよこれで……
うぅ…あの人もお腹出てるし焼けてるけど
あーゆーほうが圧倒的に正しいファッションだなぁ
でもできないのが私…

「息子とヤドカリ」

磯遊び…
ヤドカリを一カ所に集める息子……
せっせ せっせ
当然動いちゃう
せっせ せっせ
わさ わさ
ああ〜っ
じっとしてってなんかいいわせるの!?
私の口ぶりそのまま!?
今、ヤドカリには初めて言ったよ!?

「夫、目的変更」

磯遊びする家族連れの中
黙々と何かを拾っているおばあちゃんが居た…
何してるんですか?
ああ…この貝ね…けっこうおいしいから…
夫…貝拾いのため家族サービス離脱!!
てめえ何しに来た!!

「海の家」

カレー
おでん
やきそば
らーめん
海の家でラーメン頼んだ
海の家のラーメンってなぜか美味しいよね…
ズルズル
うま　うま
でろでろーん
まいっか…
ハダカだし下は砂だし…
…と思える解放感が海っていい感じ…

「波と少女」

波…
…を追いかける少女
…を追いかける息子!!
いや本当に花より団子…じゃない…波より水着かい……君は
気づかれる前に息子を回収しよ…

「貝がら拾い」

あっ みてみて
かわいい貝がら
あピンクのも あるー みてみてー
はるちゃんも みつけたー
明らかにゴミ
わーい
またしてもゴミ……
何を美しいと思うかは個人の自由…尊重せねば…
でも思いっきり物申したい今…

夫は拾わない
食べられない貝には
興味ないんだ……

シーグラス
沢山ひろったから

ランプでも
つくろうかな…

って思ったけど
帰ってしばらく
ほっといたら
磯臭い
異臭を
放ちはじめた
のでやめた

「変わったいびき」

ゴゴーッ
夫のいびき…うるさいのう…
スゴッ
スゴッ
スゴッ
?
スゴッ
スゴ
スゴッ
苦しそう…
でも面白いからほっとこう…
スゴ
スゴ
スゴッ

「卒乳して３カ月」

パイを見てる息子…
卒乳して3カ月か……
最近パイの存在を忘れてるように見えたけど……思うところがあるのかな
じ〜〜
飲みたくなった??
はは なんちて
いい…なんかバッチいから…
パイ…生理的に拒絶される…

「オムツ外し決行」

2歳の夏も終盤へ…
そしてもうすぐ3歳…
オムツ外しを決行したい!!
やっぱ夏の方が着るものも少ないし楽そうじゃないですか?
ズボン嫌がったときなど部屋の中でオムツですごすことも…
それに最近は尿の量が多くなってきて1、2回のおしっこでもオムツパンパンだし
パンパン
うーんよく出てる…
一番大きいサイズのオムツも小さくなり
よく片ケツが出てるし!!
プリン
もう限界ですって尻が訴えてるな…

「神は見ていた」

出産、授乳、寝かしつけ……そして卒乳
そのどれもが想像を絶する大変さだったので
オムツ外しはどんだけ苦しい道のりになるの!?と覚悟してましたが
オムツ外し山
卒乳山
あれ…もうわりと平気!?
シャー
育児において「思ったより楽」と思ったのは初めてかも!!
とりあえず天に感謝しとく
ありがとう育児の神!!
育児神
イメージ図
バランスとってくれたとしかっ!!

「数秒」

オムツ外しステップの第一歩としておしっこが出そうなときにトイレにつれていく作戦
お今か…
もじっ
ん――でないねー
最初はそんなもんか
おりる―
おりよ…
あと3秒乗っておけば…
じょおおおおお…

「造られた成功」

息子の排便に合わせてトイレにつれていくオムツ外し作戦…
あれは間違いなくウンチの前兆…
トイレにGO――
ってもう出てる――!!
ストン
間に合ったぁあ!!
ちゃぽん…
トイレ成功〜!!
?、
きゃっほう
ほとんど無理やり既成事実を作成…!!

「褒め殺し作戦」

（半ば強引だが）初めてトイレでウンチ成功
本人はよくわかってないようだが…
?
やったー
とりあえず褒める作戦
すごーい
すごーい よくできたねーっ
おトイレでしたからすごいの?
そうおトイレでウンチできたの
すごぉいいい
そんなにスゴい…?
よし…その気になったぞ
ニヤリ
オムツ外し手ごたえありっ

「別れの挨拶」

初めてトイレでウンチできた息子…
ウンチ…ジャーするの?
そうよ
オムツにしたウンチは捨てられちゃうけどトイレにしたウンチはここから探検に行くんだよ…
母、トイレでしてほしくて真っ赤なウソをつく
うんちさんにバイバイしよ…
ウソが効いた…??
えっあっうん お別れ言わなきゃねっ
うんちさんバイバーイ
ジャー
バイバーイうんちさーん…
超バカバカしいがこれもオムツ外しのため…!!

「もしかして今までも？」

褒め殺し作戦が効いたのか徐々にオムツ外しが進んできた…
シャー
朝起きてすぐつれていくと成功率高い
よしよし
自分から
おしっこでた…
と言ってくれることも増えて何より…ですが
えっ
ちゃぽーーーん…
今まで言わなかっただけで…
ハハ…
おしっこ入りの湯船に入ってたのかも
ジャアアア
知らなかったほうが平和

「尻を守るもの」

オムツ外し…
パンツを下ろすも間に合わず…ということがちょいちょいあったので
ジョオオオオ
面倒なのでしばらくフルチンでOK…ということにしてみた
ま…オムツなし育児ってのもあるくらいだし
う…ケツにゴミが…吸い寄せられてる…
ペタ
ペタ
結論…人間にはパンツが必要
原始的な生活してる民族も尻は隠してることが多いしな

「金魚すくい」

わー
パシャッ
まだ上手に出来なくてすぐ破けちゃうなー
はい…ママやって…
へっ
自分で不利な状況にしておいて丸投げ……
横暴なクライアントか君は…

「重大ミス」

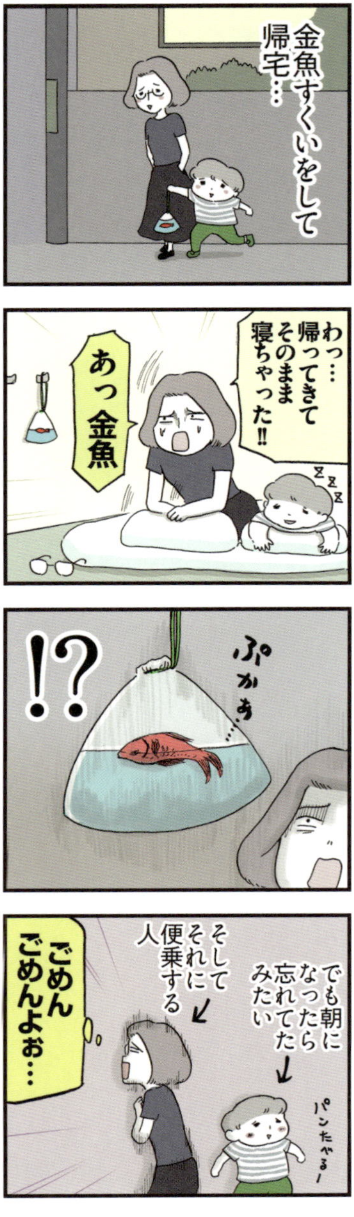
金魚すくいをして帰宅…
わっ…帰ってきてそのまま寝ちゃった!!
あっ金魚
!?
ぷかぁ…
でも朝になったら忘れてたみたい
そしてそれに便乗する人
パンたべるー
ごめんごめんよぉ…

「終わらない1日」

ものすごく眠い母…
でも息子は寝る前に絵本を読まなきゃダメなのだ
あとひとふんばり…!!
ももたろう
桃太郎は鬼ヶ島に着きました…
この戦いが終われば寝れる…!!
おじーさんとおばーさんはなにしてるのかな?
えっ!?
今……そこ…?
見てみよう
パララララ
ページを戻すなー!!
お願い!!今日を終わらせて!!

「神隠し」

寝ている子どもの様子を見にきたら
居ない……!!
えっ押入れ!?
布団の下……!?
考えたくないが窓………
いや…閉まってる
ガシッ
どした どした
え…ウソ神隠し…!?
結局…掛け布団カバーの中にもぐっていたという…
ZZZZ…
チャックがあいてた
どーしてそうなったぁあ
でもよかったあああああ…!!

「スイカ割り」

お友達の庭でスイカ割りをさせてもらうことに
わー!!
目隠しを嫌がったのでスイカを棒で割るだけ…
ポコ
でも楽しそう
あっ…割れた
よーし食べよっか
バンッ
パコッ
バンバン
バコバコ
ちょちょっと!!
スイカ割りってかスイカ破壊…
ぐしゃ
ぐしゃ

「台風と私の都合」

あーーまた夏風邪もらったっぽいなー
くしゅん
くしゅん
今日の予定はキャンセル…辛いのは子どもだとわかってても自分以外の理由で予定がしょっちゅう変わるのってこたえる
…なんてねどっちにしろ台風だから何もできないけど…
ザァァァァァァ
外出できないのは私だけじゃないという一体感
私に合わせて世の中も停滞せよ!!

「髪型変えてみました」

気分転換で 髪型をアレンジしてみました
ねじってピンでとめただけだけど…
えっママ 変
変だよっ
変ッ
全否定される…
そっかな～ 自分では気に入ってるんだけどな～
ねーー やっぱ変？
え…何が？
え…はは いや…
一瞬で見慣れちゃった？

「余裕こき」

おしっこ もれる
えっ!!
コンビニで借りよう…っ
すみませーん トイレ…
あーおかしーっ
え!?
もれるんじゃなかったんかい!?
ずいぶんと余裕じゃねえか
焦ってる私が馬鹿みたいっ
いくよお～
グミ

「月は誰がつくった」

あっ
お月さま
お月さまは
だれが
つくったの?
かわいいこと
言う……
お月さまは
人が作ったん
じゃないんだよ
私たちの住んでる
この星に…
だから
だーれーがっ
聞いて
ねぇ……

「質問攻め」

ねー
お月さまは
誰が作ったの!?
ねー
いやだから
星と星が
ね…
何ていったら
いいのかな…
ねーだれ?
だれ
だれ?
だれーっ
だれ
イライラ
もーーー
しつこいっ
説明するスキも
与えてくれないし
誰でもないんだって!!
ああっ
私ったら
つい
大人気ない
言い方を…っ
ひあああぁぁ
ご…ごめんね…
模範回答はなんだ!?

「ひかれたカエル」

車にひかれたカエルが…
かわいそう…車に気をつけなきゃね…
その日の夜…
うわあああぁ
ビクッ
カエルに…気をつけてって
言えば…っ
うっうっうっ
勝手に責任を感じる息子!!
可愛いけど寝てほしいから面倒くさい……

息子なりに死へのショックを感じたのかも…
トントン

「誘導」

シールブック
もらったよ
やらない?
やらない
シール
ブック
え〜
楽しそう
だよ?
すすめると
断固拒否
やらない〜っ
子どもはほったらかして
自分だけ楽しそうにして
みると…
ペタ
ペタ
何やってるのー!?
やらせてー
しめしめ
天邪鬼《あまのじゃく》の操縦法…

「アピール」

まだまだ
ギャン泣きすることも…
ギャアアアアア
←おもちゃを
ふんづけたらしい
大泣きされるのも
慣れてきたかも…
落ち着くまで
待とう……
ギャアアア
だいじょぶ?
(しかも 自業自得だし…)
ヒッ…
ヒッ…
泣いてる!!
自己申告…

「時間の概念」

ママー
おきてー
ゆさ
ゆさ
もう8時だよ!?
ごめん
ごめん
へー 時間のことなんていつの間に覚えたんだろ
しかし
またある日
ママー
おきてー
8時だよっ
いや
5時です
意味を正確に理解してるわけではなかった

「とめどない疑問」

最近の息子は何でも疑問に思うらしく
「なんで」が止まらない
なんで
なんで
なんで
……桃がどんぶらこどんぶらこ流れてきました
ねえ… なんで流れてきたの…
え…ああ大きな桃の木でもあったんじゃ…?
テキトー
なんでー?
………あっ
鬼が植えた?
なんで…!?
裏設定つくっちゃったぞ

「優しい医者に…？」

お医者さんごっこ…
ねてるだけだからラク…
じゃあおフトンかけてあげますね
え
息子…なんだか優しい…
いいお医者さんになっちゃうんじゃ…
ふぁさっ
うんでも惜しい…‼
バサ
ご臨終…

「たった一粒」

イクラ大好きな息子
もっと
イクラ
え…食べ過ぎると良くないよ…
一コだけー
一コだけー
いや一粒ではすまないでしょ
大丈夫ーッ
じゃあ本当に一粒だけね
ちみっ
ん…
本当に大丈夫そうだー
一粒の破壊力…

トシコ奮闘記 B面

Theme
ハル、3歳になる。

「バースデーケーキ」

ろうそくっ
自分でつけるっ
はいはい
どうしよう……
こうくるとは
………
しかも火をつける部分埋まってるし…
でも直したら泣くし
いいよねこれで!!

当時悩んだしっしん…
0
この丸い足のラインがかわいい
1
このガニ股サイコー!!
2
3
顔の印象はさほど変わらないが手足がのびた….

「ストライダー」

ストライダーという足で蹴る自転車みたいな乗り物を購入
最初はヨチヨチだったがコツをつかむとかなりスピードが出るように
速っっ
バビューン
は…速すぎっ
シャアアアアアア
けっこうしっかり走らないと追いつけないっ
3歳児にこのスピード与えるのは中学生にクレジットカード与えるくらい危険だ!!
よく分からんが何となく共有した!!

「私が着る」

ねー今日けっこう肌寒くない？
着なよ
やだー着ないー
最近の決まり文句 →
ママが着れば？
じゃあママが着ちゃうもーん
ホラホラー
ヤダー着ないでー
フフ…慌てるがよい……っ
おーい
母…敗北!!

「自立への道」

児童館にて
息子と同じ月齢の子が靴下を自分で履いていた
そろそろ身の回りのこと 教えなきゃな
ハルも…自分で靴下はいてみよっか？
くいっ
もしかして足を上げることでサポートしたつもり？
靴下うんぬん以前の問題だっ‼

「言うは易し」

今息子は「なんで？」を繰り返す時期
なんでー
なんでー
でもそれは知的好奇心の目覚め‼
きちんと答えなくては‼
育児書
よーし 歯みがきの時間だよー
なんで？
へ？
何でみがくの？
虫歯になるからだよ
何で虫歯になるの？
虫歯のバイキンが増えるから…
バイキンどこからくるの…？
あぁ〜面倒くさいっ
とりあえずみがくよー
シャカ
シャカ
イヤァァァァァ
ほんと育児って行うは難し…
私の根気がないという説も…

息子も
ちょっと前まで
赤ちゃんでした

Epilogue

「赤ちゃんだったのに」

うー
うー
あー
パタン
かわいいわぁ なんて無垢な 生き物なの…
だー
ぶー

さてそれから1年ほど養育すると
DVD観ながらアイス食う生き物になります
るべろん るべろん
あ～おもしろいね～
世俗の垢は食い込むのが早い…
さらに3歳になると
お菓子の袋を
勝手にあける知恵を…
しかも眉切りバサミでっっ
ハアハア
チョキ チョキ
コーン
人間欲が絡むと進化が早い…!!
あ
チョキン
バラララ
コーン
育児終わるまでにあと何百回掃除すんだろ
to be continued…

おわりに

この漫画は最初、自分の家族や友達向けに、個人ブログでほそぼそと描いていました。
（下がその当時の漫画。今見るとけっこう絵が違う!!）

育児をしていると、昔の友達となかなか飲みにいけないし、仮に飲みにいけたとしても「息子のウンコがさー」とはなかなか言えないんですね。でも、その日の自分のハイライトな出来事は息子のウンコだったりするわけです。

そのような急に話したら唐突なエピソードも、漫画にして発信するとすんなり伝わる。そういう感覚が面白くて、自分のブログで描き続けていました。

そして、ブログを見たａｕヘッドラインの担当さんが拾ってくれて連載させてもらえることになりました。

当初は、この何も凝った設定のない地味な漫画で連載が持つのだろうか…と思い半信半疑でスタート。でも、いつ終わってもいいやと思って素直に描いてきたのが結果的によかったかなと今になって思います。おかげさまで１年と４カ月、現在まで５００回配信させていただくことができ、ついには書籍化までもが実現してしまいました。

単行本出版にあたって、auヘッドライン担当の大岡さん、井坂編集長、そして書籍担当の遠藤さん、多大なサポートをありがとうございます。

担当さんにブログを紹介してくれた後輩の松本くんもありがとう。

夫、父、母、妹たち、いつも快くネタにされてくれてありがとう。その他、漫画についてコメントをくれた親戚、友人、先生方ありがとう。着色を手伝ってくれたTさん、仕上げを手伝ってくれたAさん、Kさんにも感謝!!

そして息子…!!　いつも楽しい存在でいてくれてありがとう。いつか自分をネタにして漫画を描いている母を疑問視する日が来るかもしれない。でも漫画のギャラで学資保険を増やしたから許してね。それに何より、漫画を描くことによって家庭の自浄作用があるというか、母自身が描くことで元気になっている、という側面があるので、うん、まあ、諦めて…くれ……ははは……。

そして誰よりも、auヘッドラインでこの作品を読んでくださった方々、単行本を読んでくださった方々に心より感謝いたします。読んでくださる方がいたことで、私は漫画家でいることができました。

もう来年には漫画家じゃなくなってるのかも…はたまた、『風立ちぬ』でいうところの創造的な人生の持ち時間の10年…の幕開けかもしれないし（個人的にはこっちだと思いたい!!）、先のことはわかりませんが、まだまだ描きたいことはたくさんあり、auヘッドラインでの連載も続いているので、引き続き応援してもらえたら嬉しいです!!

荻並トシコ

荻並トシコ

1980年代前半生まれ。横浜出身、東京都杉並区在住。出産をきっかけに「息子の様子を描きとめたい!!」との思いが募り、個人ブログで漫画を描き始める。現在は子育て奮闘しながら、「auヘッドライン」で育児4コマ漫画『トシコ、母になる。』を連載中。好きなことは漫画を読む、カフェ巡り、旅行、美術鑑賞…だったはずなのだが、育児が始まってから全然できていない…ので、新たな趣味を模索中。

●auヘッドライン　http://hl.auone.jp/
※スマートフォン、タブレット専用

●Twitterアカウント　@toshiko_mama

トシコ、母になる。

2016年11月30日　初版第1刷発行

著者　荻並トシコ
装画　荻並トシコ
装丁　ヤマザキミヨコ（Graphic Office ソルト）
発行人　塩見正孝
発行所　株式会社三才ブックス
〒101-0041
東京都千代田区神田須田町2-6-5
OS'85ビル 3階・4階
電話　03-3255-7995（代表）
FAX　03-5298-3520
印刷・製本　図書印刷株式会社

ISBN 978-4-86199-937-6 C0095